Karen Kingsbury

Zeit für ein Wunder

Wahre Geschichten

Über die Autorin

Karen Kingsbury wollte schon als Kind Schriftstellerin werden. Zunächst studierte sie Journalismus und schrieb für verschiedene Zeitungen, unter anderem für die *Los Angeles Times.* Nach einiger Zeit als Sportreporterin hatte sie die Aufgabe, Sonderbeiträge für die Sonntagsausgabe der *L.A. Daily News* zu schreiben. Ihre rührenden Alltags-Kurzgeschichten waren so gefragt, dass sie ein Angebot einer New Yorker Agentur bekam. So hatte sie kurz nach der Geburt ihres ersten Kindes die Möglichkeit, einige ihrer bisherigen Artikel zu sammeln und als Buch herauszugeben. Das war der Beginn ihrer Karriere als Autorin zahlreicher Bücher, die in den USA regelmäßig zu Bestsellern werden.

Karen Kingsbury

Zeit für ein Wunder

Wahre Geschichten

GerthMedien

Die amerikanische Originalausgabe erschien im Verlag
Warner Faith, Time Warner Book Group,
1271 Avenue of the Americas, New York, NY 10020
unter dem Titel »A Treasury of Adoption Miracles«.

Aus dem Amerikanischen übersetzt von Mechthild Bruchmann.

Best.-Nr. 816 146
ISBN 978-3-86591-146-9
1. Auflage 2007
Umschlaggestaltung: Michael Wenserit
Titelfoto: gettyimages/Peter Gridley
Satz: Die Feder GmbH, Wetzlar
Druck und Verarbeitung: GGP Media GmbH, Pößneck
Printed in Germany

Dieses Buch ist ganz besonders all denen gewidmet,
die schon einmal für ein adoptiertes Kind
gebetet, es versorgt oder ihm
in irgendeiner Weise Liebe erwiesen haben.
Gott schenke Ihnen auch weiterhin Möglichkeiten,
Gottes Herz und Hand auf dieser Erde zu sein.
Möge jedes Waisenkind in unserer Mitte
eines Tages die Geborgenheit einer Familie kennenlernen.

Und ich widme dieses Buch Gott, dem Allmächtigen,
dem Ursprung allen Lebens,
der uns mit Weisheit, Kraft und Talent begabt.

Inhalt

Einleitung

Eine Adoption ist immer ein Wunder.

Durch die vielen Adoptionsgeschichten, die ich im Laufe der Zeit gehört habe, ist mir deutlich geworden: Eine Adoption ist immer ein Wunder. Letztlich ist es Gott selbst, der die Geschicke seiner Kinder lenkt. Nur so ist es möglich, dass ein tief verletztes Waisenkind seinen Weg in die offenen Arme einer Familie finden kann. Überall, wo Familien entstehen, entstehen in gewisser Weise gleichzeitig für Gottes Pläne mit seinen Kindern neue Möglichkeiten.

Im Jakobusbrief gibt es einen speziellen Bibelvers für diese Kinder: »Gott, der Vater, wird auf die rechte Art geehrt, wenn jemand den Waisen und Witwen in ihrer Not beisteht …« (Jakobus 1,27; GN). Das heißt nicht, dass jeder von uns ein Kind adoptieren sollte, doch könnte der Vers für Sie bedeuten, dass Sie eine Weile für ein betroffenes Kind beten. Möglicherweise könnten Sie sogar ein Kind in der Dritten Welt unterstützen. Es gibt viele Hilfswerke, die Patenschaften für Kinder anbieten, damit ein Waisenkind in seiner Heimat eine Ausbildung erhalten kann.

Es kommt aber auch immer wieder vor, dass Menschen durch das Lesen der Bibel bereit werden, ein Kind zu adoptieren. So war das bei uns. Wie einige von Ihnen vielleicht wissen, haben wir 2005 drei kleine Jungen aus Haiti adoptiert. Und ich kann sagen, dass es uns bis heute damit sehr gutgeht. Wir haben mittlerweile den Eindruck gewonnen, als seien Sean, Josh und EJ schon immer bei uns gewesen. Sie sind herrliche, talentierte Kinder, die im Glauben an Gott aufwachsen und unsere drei leiblichen Kinder lieben, als wären sie tatsächlich ihre Geschwister. Unsere eigene Adoptionsgeschichte ist das letzte Kapitel in diesem Buch. Dort können Sie alles Nähere über unsere drei Wunderkinder erfahren.

Weil ich durch die Fernsehverfilmung meiner *Life-Changing Fiction*-Geschichten (lebensverändernde Erzählungen) bekannt geworden bin, erhalte ich wöchentlich einige hundert Briefe, in denen mir Menschen ihre eigenen Wundergeschichten berichten. Aus dieser Quelle habe ich geschöpft und die eindrücklichsten Geschichten in diesem Buch zusammengetragen.

Bevor ich jedoch mit diesem Buch konkret begonnen habe, habe ich nachgeforscht, was bereits an Adoptionsgeschichten veröffentlicht worden ist. Ich hatte mit vielen Publikationen gerechnet und war über das Ergebnis meiner Recherchen ganz erstaunt. Es gab bis zur Drucklegung dieses Buches kein anderes Buch, das durch die Beschreibung von Adoptionen Mut macht, ein Kind zu adoptieren.

Bestimmt kennen auch Sie Menschen, die Kinder adoptiert haben und dringend Unterstützung brauchen. So wunderbar eine Adoption auch sein mag, sie verlangt gleichzeitig sehr viel von Eltern und Kindern. Eine Adoption erfordert Neuorientierung und manchmal sogar die Angleichung von zwei verschiedenen Kulturen – selbst wenn es sich um ein kleines Kind handelt. Adoptionskinder haben sehr häufig ganz besondere Bedürfnisse. Für solche Familien und alle, die sich mit dem Thema Adoption auseinandersetzen, will die Auswahl dieser Geschichten Anregung geben.

Adoption ist immer ein Kunstwerk Gottes. Er hat seine Hand dabei im Spiel, ungeachtet durch welche Höhen und Tiefen Sie dabei gehen oder wie schwierig Ihre Situation gerade ist. Adoption ist ein Segen und sie ist eine Berufung und gleichzeitig ein himmlisches Werk. Vertiefen Sie sich in die folgenden Seiten dieses Buches und lassen Sie es zu, dass Gott Ihnen ganz neu das Wunder eines Kindes und das besondere Wunder eines adoptierten Kindes zeigt.

Vergessen Sie nicht, auf die Fußspuren Gottes in Ihrem Leben zu achten. Genauso wie in diesen Geschichten sind Gottes Fußspuren überall dort zu finden, wo ein Kind adoptiert wurde oder noch adoptiert werden wird.

Karen Kingsbury

PS: Bitte besuchen Sie mich auf meiner Website unter www.KarenKingsbury.com. Hier können Sie einiges mehr über meine eigene Adoptionsgeschichte oder über meine anderen Publikationen erfahren.

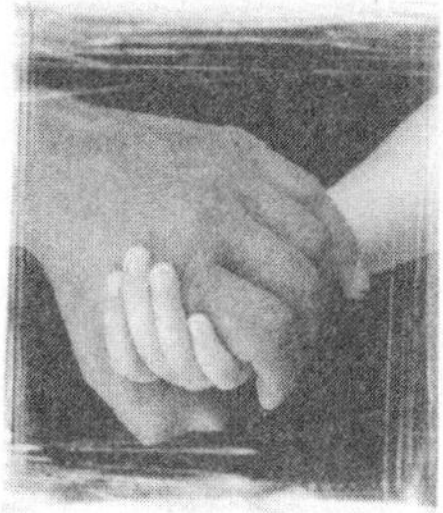

Ich habe jeden Tag für dich gebetet

Cindy war erst sechzehn, als sie es erfuhr.

Sie war die jüngste Tochter strenggläubiger Eltern und mit einem jungen Mann befreundet, der einige Jahre älter war als sie. Besorgt hatten Vater und Mutter sie vor dem Studenten gewarnt, denn der junge Mann besaß keinen guten Ruf. Er hatte Cindy jedoch hoch und heilig gelobt, sie bedeute ihm mehr als jede andere.

»Wir werden uns nur küssen. Und dabei bleibt's«, hatte er dem jungen Mädchen versprochen.

Es war dann doch nicht nur beim Küssen geblieben und anschließend war der Student in sein College am anderen Ende Amerikas zurückgeflogen. Sechs Wochen später stand Cindy allein vor dem Untersuchungsergebnis ihres Arztes: »Du bist schwanger.« Und sie stand allein vor ihrem Abschluss an der Highschool.

Als sie den jungen Mann anrief, um ihm von dem Kind zu erzählen, erhielt sie nur eine niederschmetternde Antwort.

»Treib das Kind ab!«, war alles, was er dazu zu sagen wusste. Kurz und knapp. Jede Wärme war aus seiner Stimme gewichen. »Andernfalls brauchst du mich nicht mehr anzurufen.«

Cindy rief ihn nie mehr an.

Bis zum vierten Schwangerschaftsmonat konnte sie vor

lauter Sorge kaum noch essen und schlafen. Eines Nachts fasste sie jedoch für sich einen festen Entschluss: *Ich will mein Kind behalten. Ich werde die Schule verlassen und in Fernkursen von zu Hause aus meinen Schulabschluss machen.* Was in ihr heranwuchs, war ein lebendiges Kind – ihr eigenes Kind. Obwohl für viele andere eine Adoption eine gute Möglichkeit sein mochte, Cindy konnte es sich nicht vorstellen, ihr Kind in fremde Hände zu geben.

Endlich, im fünften Monat, als sie ihren Zustand nicht länger verbergen konnte, vertraute sie sich ihren Eltern an.

»Wie gut, dass du das Kind behalten hast«, bestätigte sie ihr Vater und legte den Arm um ihre Schultern. »Abtreibung ist Sünde. Sie hätte dich für immer belastet.«

»Das stimmt«, meinte auch ihre Mutter und schaute ihre Tochter bekümmert an, als sie fortfuhr: »Nun müssen wir vor allem die richtige Familie für das Kind finden.«

Cindy glaubte, nicht richtig zu hören. »Die richtige Familie finden? Was meinst du denn damit?« Sie trat einen Schritt zurück. »Ich behalte mein Kind natürlich. Das ist doch klar!«

Die Eltern wechselten vielsagende Blicke. »Liebling …« Ihr Vater entspannte sich. »Du bist noch zu jung für ein Kind. Du hast noch nicht mal gelernt, für dich selbst Verantwortung zu tragen, geschweige denn für ein Kind!«

»Das habt *ihr* nicht zu entscheiden!« Cindy geriet in Panik. Tränen stürzten aus ihren Augen. »Ich gebe mein Baby nicht weg!«, rief sie laut.

Energisch trat ihre Mutter Cindy entgegen. »Du tust, was wir dir sagen!« Doch sogleich strich sie ihrer Tochter beschwichtigend eine Haarsträhne aus der Stirn. »Eines Tages wirst du uns dankbar sein, Kind.«

Das ganze Wochenende kämpfte Cindy wie eine Wilde gegen den Beschluss ihrer Eltern, aber alles, was sie vorbrachte, konnte deren Sichtweise nicht ändern.

Am Montagabend endlich machte Cindy einen Spaziergang, denn sie musste für eine Weile allein sein, um ihre Gedanken zu ordnen. Auf einem einsamen Rundgang durch ihre Wohngegend malte sie sich ihre Situation noch einmal realistisch aus. Sie war zu jung, um ihr Elternhaus zu verlassen. Zu jung, um für sich und ihr Kind allein zu sorgen. Ohne die Unterstützung ihrer Eltern war sie macht- und mittellos. Sie musste sich wohl oder übel gegen ihren eigenen Willen den Anordnungen von Vater und Mutter unterordnen.

Als sie den Häuserblock fast umrundet hatte, stand ihr die Realität ihrer ausweglosen Lage in ihrer ganzen Tragweite vor Augen: *Das Kind, das in mir heranwächst, wird niemals mein Kind sein. Ich werde es gebären und es einer anderen Frau übergeben. Einer Frau, die mein Kind aufzieht und ihm das bieten wird, was ich ihm augenblicklich nicht bieten kann.*

Die Härte dieser Wahrheit fuhr ihr in die Knie. Sie lehnte sich gegen den nächsten Baumstamm, umschlang ihren Leib mit ihren Armen und ließ ihren Tränen freien Lauf. Tränenströme rannen über ihr Gesicht.

In diesen Minuten murmelte sie das einzige Gebet, das sie noch zu formulieren in der Lage war: »Lieber Gott, ich will das alles nicht! Bitte, was immer mit meinem Kind geschehen mag, hilf uns, später einmal einander wiederzufinden.«

Eine Woche nach dieser Entscheidung schickten ihre Eltern sie zu Freunden, die drei Staaten von ihnen entfernt wohnten. Die Monate eilten dahin. Die meiste Zeit war Cindy mit sich allein. Sie las oder ging spazieren und nahm jede Regung ihres Babys bewusst wahr. In ihrem siebenten Schwangerschaftsmonat bestätigte ihr der Frauenarzt, was sie schon vermutet hatte: Ihr Kind war ein Mädchen.

Cindy hätte ihm am liebsten einen Namen gegeben. Aber das untersagte sie sich. Sie wollte sich den Verlust des Kindes nicht noch schwerer machen, als er ohnehin schon war. Darum nannte sie ihre Tochter einfach nur *Baby Girl* und sprach sehr viel mit ihr oder sang ihr etwas vor. Sie betete für ihre Tochter und segnete sie.

Obwohl die Tage bis zur Geburt des Mädchens ohne größere Ereignisse dahineilten und die Geburt ihres Kindes seltsam emotionslos verlief, brannten sich die Bilder trotzdem so stark in ihr Gedächtnis ein, dass sie sie nie mehr vergessen konnte. Der 13. März 1983 war ein Tag, an den Cindy bis zu ihrem Lebensende denken würde.

Es hatte einige Diskussionen darüber gegeben, ob man ihr nach der Geburt das Kind in den Arm legen sollte oder nicht.

»Das wird Ihnen den Abschied von Ihrem Kind zusätzlich schwer machen«, meinte eine der Säuglingsschwestern. Es war eine freundliche, farbige Schwester mit strahlenden Augen, die sogar in dem abgedunkelten Krankenhauszimmer weiß aufblitzten.

Cindy war sich nicht sicher gewesen, wie sie sich nach der Geburt verhalten sollte. In dem Moment aber, als das Kind geboren war und sein erster Schrei Cindy durch Mark und Bein fuhr, war diese Frage hinfällig geworden. Natürlich wollte sie ihre Tochter in den Arm nehmen! Sie wollte sie so lange halten, bis jemand kam und sie ihr wegnahm.

Die Säuglingsschwester wusch das Kind und wickelte es in weiße Tücher. Dann wandte sie sich an Cindy. »Nun, wie wollen wir es machen?«

Cindy sagte nichts, weil sie nichts sagen konnte. Sie streckte nur verlangend ihre Arme aus und nickte. Die Säuglingsschwester reichte ihr das Baby. Noch nie im Leben hatte Cindy sich so überglücklich gefühlt! Sie legte ihr Kind an ihre Brust, schaute es an und sah vor ihrem inneren Auge das Krabbelkind, das kleine Mädchen und den Teenager, der ihr Baby eines Tages sein würde. Sie war völlig überwältigt. So etwas hatte sie noch nie erlebt. Cindy genoss das Gefühl in vollen Zügen.

Mütter auf der ganzen Welt verstehen dieses Gefühl. Ein Gefühl, das jeden Augenblick vorüber sein konnte. Das Gefühl, das sie für ihre unvergleichliche, einmalige Tochter, die an ihrer Brust lag, ein Leben lang empfinden würde.

Ihre gemeinsame Zeit war fast so schnell vorüber, wie sie begonnen hatte. Die Adoption war bereits vor ihrer Niederkunft abgeschlossen und Cindy würde die Mutter ihres Kindes nie kennenlernen. Nach Aussage der Sozialarbeiterin, die sie während des Adoptionsverfahrens betreut hatte, handelte es sich um reizende Adoptiveltern. Das Paar wartete schon unten im Krankenhaus. Sie warteten darauf, dass sie Cindys Baby als das ihre in die Arme schließen konnten.

Die Sozialarbeiterin betrat Cindys Zimmer. Sie lächelte bedauernd. »Na, wie geht es dir?«, fragte sie.

Cindy hätte die Frau am liebsten angeschrien. Ihr gesagt, dass sie verschwinden solle, dass sie zu früh komme und dass sie ihr Kind nicht abgeben wolle. Sie wäre am liebsten mit ihrer Tochter im Arm die Treppen hinuntergerast, durch die Ausgangstür des Krankenhauses gerannt und dorthin geflüchtet, wo sie niemand finden konnte.

Cindy schluckte ein paar Mal nervös und schaute auf ihr Baby. Das Kind hatte die Augen geöffnet. Bildete Cindy es sich nur ein oder sprachen diese Augen tatsächlich zu ihr und stellten ihr die Fragen, die sie ein Leben lang verfolgen sollten: *Warum? Warum willst du mich weggeben? Warum hast du nicht stärker um mich gekämpft?*

»Cindy?« Die Sozialarbeiterin trat an ihr Bett. »Es wird Zeit.«

Cindy schloss die Augen und atmete den leicht süßlichen Geruch ihrer Tochter ein. Sie spürte die Wärme des Kindes an ihrer Brust. Die Sozialarbeiterin konnte nichts dafür. Ihre Aufgabe war es, die Adoption so reibungslos wie möglich abzuwickeln. Sie musste darauf achten, dass der Kontakt zwischen Mutter und Kind nicht zu innig wurde. Anderenfalls bestand die Gefahr, dass Cindy die ganze Sache rückgängig machen würde.

Es blieben Cindy immerhin zwei Tage nach der Geburt, um die Adoption zu widerrufen. Nach Ablauf der achtundvierzig Stunden gehörte das Kind in seine neue Familie. Falls die Sozialarbeiterin jetzt Cindy das Kind länger überließ, würde ihre Entscheidung für eine Adoption von den frischen, sich verstärkenden Muttergefühlen überdeckt werden.

Die Sozialarbeiterin trat noch ein paar Schritte näher an ihr Bett. Cindy öffnete die Augen. Ohne den Abschied noch eine weitere Minute hinauszuzögern, küsste sie ihre Tochter auf die Wange, strich ihr übers Gesichtchen und flüsterte: »Ich hab dich sooo lieb, mein Baby Girl.« Sie schaute die Frau, die vor ihr stand, fest an und sagte ihr die größte Lüge, die sie je ausgesprochen hatte, mitten ins Gesicht: »Ich bin fertig.«

Der Verlustschmerz setzte sofort ein und wurde in Cindy zum Dauerbrenner. Auch als Cindy wieder bei ihren Eltern wohnte und sie die Alltagsroutine der Highschool mit Semesterbeginn und -abschluss erneut eingeholte hatte, und als die Tage, an denen die Leute hinter ihrem Rücken getuschelt und sie gefragt hatten, wo sie so lange gewesen sei, schon in Vergessenheit gerieten, vermisste Cindy ihre Tochter mit einer Intensität, die ihr Angst machte.

Nach fünf Jahren verliebte Cindy sich wieder in einen Studenten, diesmal aber in jemanden, der sein Wirtschaftsstudium ernstnahm und es damit finanzierte, dass er auf dem Bau arbeitete. Dieser Mann hatte alles, was ihr erster Freund nicht gehabt hatte: Er war überaus ehrlich und treu. Integrität und Charakterbildung waren für ihn wichtige Werte, an denen er arbeitete. Cindy verliebte sich bis über beide Ohren in ihn und zwei Jahre später heirateten sie.

Gleich zu Beginn ihrer Freundschaft hatte Cindy ihm von dem Kind erzählt, das sie hatte weggeben müssen, und ihm gestanden, wie sehr sie sich danach sehnte, ihre Tochter eines Tages wiederzusehen.

»Wenn dir das so viel bedeutet, dann will ich dafür beten«, war seine liebevolle Antwort darauf gewesen. Er hatte Cindys Kinn angehoben und ihr tief in die Augen geschaut: »Glaub mir, mein Schatz. Eines Tages wirst du dein Kind wiederfinden, so Gott will.«

Die Jahre eilten dahin. Cindy und ihr Mann bekamen drei Töchter, und jede Geburt erinnerte Cindy daran, wie viel sie mit ihrer ersten Tochter verloren hatte. Sie hatte sich zwar längst mit ihren Eltern ausgesöhnt, aber Cindy konnte doch nie ganz vergessen, was die Eltern ihr abverlangt hatten. Nach wie vor waren die Eltern überzeugt, nur das Beste für sie gewollt zu haben.

Ihr Mann betete anhaltend für eine wundersame Zusammenführung der vier Töchter, doch die Adoptionsakte blieb geschlossen. So oft Cindy auch versuchte, die Behörde von ihrem Wunsch, ihre Tochter kennenzulernen, zu überzeugen, erhielt sie stets einen negativen Bescheid. Es war einfach unmöglich, die erstgeborene Tochter ausfindig zu machen.

Jahre gingen ins Land. Cindy hoffte immer wieder neu, dass Gott irgendwie und irgendwann ihr Gebet um ihre Erstgeborene erhören würde. Jedes Jahr dachte sie bewusst an ihren Geburtstag und stellte sich vor, wie sie inzwischen aussehen und was sie gerade machen würde. Ihre drei jüngeren Töchter waren ihr eine gute Hilfe dabei.

Eines Nachmittags, nachdem sie sich wieder einmal mit den Gedanken an ihre Erstgeborene beschäftigt hatte, duschte sich Cindy hastig und eilte zur Schule, denn es war Elternsprechtag und sie hatte einen Termin bei Mrs Barnette, der Lehrerin ihrer Jüngsten, die in die fünfte Klasse ging.

Das Gespräch war schon fast beendet, als Mrs Barnette bemerkte: »O, beinahe hätte ich vergessen, Ihnen mitzuteilen, dass wir eine neue Referendarin an der Schule haben. Bis zum Jahresende wird sie meinen Unterricht begleiten.«

Cindy war vor allem an den Noten ihrer Tochter interessiert, die vor ihr auf dem Tisch lagen, und antwortete deshalb nur recht gleichgültig: »Wie schön.«

»Meine Referendarin wird in einigen Minuten hier sein, denn so ein Elterngespräch gehört mit zu ihrer Ausbildung.«

Cindy hatte sich für den Nachmittag noch einiges vorgenommen, weshalb ihr daran gelegen war, dass das Gespräch zügig zum Abschluss kam. In diesem Moment öffnete sich die Tür des Klassenraumes und eine hübsche junge Frau trat ein.

Cindy schaute sie an und erstarrte. Wie war so etwas möglich?

Die Lehrerin, die nichts von Cindys inneren Gefühlen bemerkte, erklärte ihr noch dies und das, doch Cindy hörte und verstand nichts mehr. Langsam, ganz langsam erhob sie sich. Ihre Augen blieben an der jungen Frau haften. Alles an der neuen Referendarin war ihr so vertraut wie ihr eigenes Gesicht auf alten Fotos, so vertraut wie die Gesichter, die Abend für Abend um ihren Familientisch saßen. Die Ähnlichkeit war derart frappierend, dass es jede Logik überstieg.

Cindy sprach den einzigen Satz aus, den sie in diesem Augenblick noch zu denken in der Lage war: »Sind Sie … sind Sie einmal adoptiert worden?«

Die anfängliche Verwirrung im Blick der jungen Dame verschwand mit einem Schlag. Für Sekunden blieb ihr Mund offen stehen, woraus Cindy blitzschnell schloss, dass nicht nur sie an die eventuelle Möglichkeit einer unglaublichen Begegnung glaubte.

Die hübsche Frau nickte: »Ja, ich wurde am 13. März 1983 geboren.«

»Am 13. März 1983?«

Ein Freudenschrei löste sich aus Cindys Kehle. Erschrocken schlug sie sich die Hand vor den Mund. »Ich glaube … ich glaube, Sie sind meine Tochter!«

Die junge Frau sagte nichts. Aus der Frage in ihrem Gesicht wurde Gewissheit. Und anstatt weitere Gemeinsamkeiten auszutauschen, sprang sie auf Cindy zu, und die beiden Frauen fielen einander in die Arme. Es war eine Umarmung, die die vielen langen sehnsuchtsvollen Jahre in einem einzigen Moment vergessen ließ.

Dieser Augenblick ließ Cindy wissen: *Ich stehe auf heiligem Land. Was hier passiert ist, ist ein Wunder!*

»*Baby Girl*«, flüsterte Cindy in das weiche braune Haar ihrer Tochter, »ich habe jeden Tag für dich gebetet.«

Mrs Barnette war immer noch mit den beiden Frauen in dem Klassenzimmer. Sie verhielt sich ganz leise und wurde zur stummen Zeugin des Wunders, das sich vor ihren Augen abspielte.

Die junge Referendarin trat einen Schritt zurück und schaute Cindy lachend an.

»Ich bin Anna.« Tränen blitzten in ihren Augen. »Ich habe bisher ein unvorstellbar schönes Leben gehabt.« Sie lächelte auch noch, als ihr zwei Tränen über die Wangen kullerten. »Auch ich habe für diesen Augenblick gebetet. Ich wollte dir persönlich dafür danken, was du für mich getan hast.«

»Mir danken?« Die ganzen Jahre über hatte Cindy von diesem Augenblick geträumt, ihn aber auch gleichzeitig gefürchtet, weil sie damit gerechnet hatte, dass ihre Tochter ihr die Warum-Fragen stellen würde, die sie ihr damals als Neugeborene zu stellen schien, als sie zum ersten Mal ihre Augen geöffnet hatte. Stattdessen dankte ihr *Baby Girl* ihr. Damit wurde das Wunder für Cindy noch unfassbarer.

Das Elterngespräch war längst vergessen. Cindy und Anna gingen die zweiundzwanzig Jahre durch, die sie voneinander getrennt gewesen waren. Sie verglichen die Fakten, die ihre Verwandtschaft eindeutig bestätigten. Es gab keine Zweifel mehr. Anna war Cindys Tochter. Die Tochter, für die sie immer gebetet hatte. Anna berichtete, dass sie von einer liebevollen Familie aufgenommen und erzogen worden war. Sie hatte zwei Schwestern und einen Bruder. Es war eine Familie, die ihr viel mehr gegeben hatte, als Cindy als alleinstehende Mutter ihr damals hätte geben können. Ihre Familie war sich bewusst, dass Anna eines Tages ihre leibliche Mutter kennenlernen wollte. Auch sie hatten um eine solche Gelegenheit gebetet.

Anna nahm Cindys Hand. »Ich habe immer daran geglaubt, dass wir uns eines Tages begegnen würden. Das war mir ganz wichtig, weil ich befürchtete, du machtest dir vielleicht Vorwürfe.« Sie schaute Cindy fest an. »Ich hätte dir niemals Vorwürfe gemacht. Gott hat mir ein großartiges Leben bei meinen Adoptiveltern ermöglicht.«

Cindy nahm ihre Tochter noch einmal in die Arme und hielt ihre Tränen nicht länger zurück. Sie weinte nicht über die verflossenen Jahre. Sie weinte vor Freude, wie gut Gott ist und wie überreich er für sie alle gesorgt hatte. Ihre Eltern hatten in vielerlei Hinsicht nicht richtig gehandelt. Es war falsch gewesen, die Gefühle ihrer Tochter zu übergehen, es war falsch gewesen, ihre eigenen Wünsche nicht zu berücksichtigen. Aber im Laufe der Zeit hatte Gott Gutes daraus werden lassen.

Hier und heute schloss sich der Kreis von Cindy und Anna.

»Darf ich dich um etwas bitten?« Anna strahlte ihre leibliche Mutter an.

»Ja, sicher!« Cindy konnte den Blick von ihrer Ältesten nicht wenden. Sie musste immer wieder darüber staunen, dass sie sich ihre Begegnung jahrelang genau so ausgemalt hatte: Plötzlich war Anna da, und sie wusste sofort, dass es ihre Tochter war.

»Frag mich, was du willst.«

»Könntest du mit deiner Familie am Sonntag zu uns zum Essen kommen?« Anna machte eine Pause und lachte über ihr ganzes Gesicht. »Ich würde nämlich so gerne meine Schwestern kennenlernen.«

Eine zweite Gewissheit brach sich in Cindys beschwingtem Herzen Bahn: *Nie mehr werde ich bezüglich meiner Ältesten ein schlechtes Gewissen haben müssen. Ich muss mich nie mehr sorgen, wo sie ist, wer sich um sie kümmert und was sie gerade macht. Von nun an ist auch sie ein sichtbarer Teil meines Lebens.*

Und das war das allergrößte Wunder.

Nicht gesucht und doch gefunden

Angie Wilcox liebte ihren Beruf. Im Grunde war er für sie eine Berufung. Angie Wilcox half mit ihrer ganzen Lebensfreude und Energie, verwahrlosten, verlassenen oder verwaisten Kindern, eine passende Familie zu finden. Sie arbeitete in dem berühmt berüchtigten Bezirk *Hell's Kitchen* (Höllenküche) in Manhattan als Sozialarbeiterin. Jede Woche lernte sie hier neue Jungen und Mädchen kennen. Kinder, die aus den unterschiedlichsten Gründen von ihren Familien getrennt werden mussten und für die sie Adoptions- oder Pflegeeltern suchte.

Ihre Kolleginnen und Kollegen waren zum größten Teil von dem gleichen Eifer um das Wohl der Kinder beseelt wie Angie selbst. Angie hatte allerdings einen ganz persönlichen Grund für ihr Engagement.

Sie war als Kind selbst adoptiert und in eine warmherzige, liebevolle Familie mit sechs Kindern aufgenommen worden. Von frühester Kindheit an hatte sie in einer Adoption das gesehen, was sie selbst erfahren hatte: das größte Geschenk, das ein Erwachsener einem verlassenen Kind machen kann.

Natürlich gab es auch Tage, da war ihr New York City zu hektisch, zu aufreibend. An solchen Tagen träumte sie davon, auf dem Land zu leben und dort mit Kindern zu arbeiten. Zudem hielt sie eigentlich nichts in Manhattan.

Drei Jahre lang war sie mit einem Investmentbroker befreundet gewesen, aber im Spätsommer hatte er mit Angie Schluss gemacht. Und jetzt war Herbst. Die Einsamkeit der kommenden Feiertage und Familienfeste mochte sie sich gar nicht ausmalen.

Trotzdem war sie fest entschlossen, in New York zu bleiben. Die Anmeldeliste war übervoll und die anstehenden Fälle kompliziert. »Miss Angie!«, riefen die Kinder sie. Mit allem, was sie bewegte, eilten sie immer wieder zu ihr. Weil die Kinder, für die sie Verantwortung übernommen hatte, sie so dringend brauchten, wollte sie so lange in Manhattan bleiben, bis Gott ihr etwas anderes zeigte.

An einem nebligen Herbstmorgen führte Angies Chefin bereits ein Gespräch, als Angie ins Büro trat. Neben den Erwachsenen stand ein reizendes kleines Mädchen mit braunen Augen und dunkelbraunen Locken. Wie alt mochte das Kind wohl sein? Zwei oder höchstens drei Jahre alt. Das Kind schaute zu Angie auf und senkte sofort ihr Köpfchen. Sie war viel zu schüchtern, um ihr in die Augen zu schauen.

Die Erwachsenen redeten noch miteinander, deshalb ging Angie direkt auf das Mädchen zu und kniete sich behutsam zu ihm nieder.

»Hallo!«

Zuerst wollte die Kleine gar nicht aufblicken. Doch nach einigen Sekunden schaute sie Angie kurz an und mit ihrer erhobenen kleinen Hand winkte sie ganz verhalten. Angie spürte, wie ihr warm ums Herz wurde. Sie liebte es, mit einem Kind Kontakt aufzunehmen, das wahrscheinlich am untersten Punkt seines kurzen Lebens angelangt war – einsam und verlassen, ohne einen Menschen, der verantwortlich für es sorgte.

»Wie heißt du denn?«, flüsterte Angie leise, damit sie die Unterhaltung der Erwachsenen, die direkt neben ihnen standen, nicht störte.

Das kleine Mädchen senkte zunächst die langen dunklen

Wimpern. Plötzlich weiteten sich seine großen Augen. Angst huschte wie ein Schatten über das zarte Gesichtchen. Sie öffnete den kleinen Mund und schluckte mühsam. Endlich fand sie genug Mut und hauchte: »Karli.«

»Karli? Das ist ein sehr schöner Name.« Angie ließ ein Stoßgebet für dieses Kind zum Himmel steigen. Sie sah nicht verwildert aus und versuchte auch nicht wegzulaufen, wie die meisten Kinder, wenn sie zum ersten Mal zur Fürsorge kamen. Misshandelte und verlassene Kinder haben einen bestimmten Ausdruck in ihren Augen. Einen Blick, der Schmerz und Hoffnungslosigkeit erkennen lässt. Bei der kleinen Karli war das nicht der Fall.

»Angie …« Ihre Vorgesetzte unterbrach die Beschäftigung mit dem Kind.

Angie erhob sich und lächelte freundlich. »Wieder eine neue Akte anlegen?«

»Ja, leider.« Ihre Chefin arbeitete seit über zwanzig Jahren in diesem Bezirk. Sie runzelte die Stirn und deutete Angie an, ihr zu folgen.

»Die Kleine und ihre Eltern hatten in der letzten Nacht einen Autounfall. Ein betrunkener Fahrer ist ihnen auf ihrer Fahrbahn frontal entgegengefahren.« Die Frau zögerte. Sie kaute auf der Unterlippe. »Die Kleine saß hinten im Kindersitz und blieb deshalb unverletzt. Die Eltern sind tot. Sie ist direkt vom Krankenhaus aus zu uns gebracht worden.«

Angie spürte, wie sich ihr Herz zusammenkrampfte. »Und Verwandte?«

»Bisher niemand. Du musst das unbedingt überprüfen.« Sie machte eine Pause. »Lass alles andere liegen. Okay?«

»Klar doch«, nickte Angie. »Wie alt ist die Kleine?«

»Am 25. Dezember wird sie drei.«

Wieder spürte Angie einen Krampf in der Herzgegend.

»Frohe Weihnachten!«

»Genau.« Die Vorgesetzte reichte Angie die Akte. »Alle Informationen sind hier abgeheftet. Mehr haben wir nicht.

Aber ich denke, das muss für eine Überprüfung ausreichen.« Sie warf einen raschen Blick auf das Kind. »Karli begreift nicht, was passiert ist.«

Angie nickte. Natürlich verstand das kleine Mädchen nicht, was passiert war. Mit zwei Jahren begreift man so etwas nicht. Bis zu seinem nächsten Geburtstag sind seine Eltern nur noch eine blasse Erinnerung für das Kind. Die Wahrheit war erschütternd, aber es gab Hoffnung. Falls Verwandte existierten, Menschen, die das Kind lieb hatten, hatte sein Leben gute Voraussetzungen. Karli konnte adoptiert werden, und das Kind würde die Verzweiflung dieser schrecklichen Zeit niemals zu spüren bekommen, es sei denn, es würde ihm später einmal schmerzlich bewusst.

Angie trat zur Seite und ging wieder zu Klein-Karli. Das war der schönste, aber auch der härteste Teil ihrer Arbeit – sich mit Kindern zu beschäftigen, deren Lebensweichen neu gestellt werden mussten. Das Kind beobachtete sie und schaute sie erwartungsvoll an. In dem kleinen Kopf schwirrten bestimmt tausend Fragen.

Wo waren ihre Mami und ihr Papi? Was war in der letzten Nacht passiert, bevor es krachte? Und wie war es möglich, dass sie nicht zu Hause im Bett lag? Warum war nicht alles so wie immer? Warum war sie hier in diesem komischen Büro?

Angie schickte erneut ein Gebet gen Himmel. *Lieber Gott, hilf mir, diesem einmaligen Kind Heimat und Hoffnung zu vermitteln.* Sie ging auf das Kind zu und bückte sich wieder zu dem Mädchen herunter. »Karli, komm zu mir, du Süße.«

Das Kind blinzelte vorsichtig durch seine langen dunklen Wimpern. Dann streckte es spontan die Händchen nach Angie aus. Während Karli auf sie zulief, wurde Angie von den seltsamsten Gedanken bewegt: *Was wäre, wenn sie selbst Karli adoptieren würde? Sie mit zu sich nach Hause nähme? Ihr* die *Mutter würde, die sie dringend brauchte?* Angies Fantasie verblasste so schnell, wie sie aufgeleuchtet war. Natürlich war eine Adoption für sie ganz unmöglich. Angie hatte sich geschworen, nicht alles und jeden in ihrem Beruf so dicht an sich herankommen zu lassen. Sonst konnte sie nicht ordentlich arbeiten. Es begegneten ihr zu viele bedürftige Kinder, die ihr Mitgefühl weckten.

An dieses Versprechen hatte sich Angie in den drei Jahren gehalten, seitdem sie ihre Arbeit mit dreiundzwanzig Jahren, direkt von der Fachschule kommend, hier begonnen hatte. Doch das Kind, das sie heute vor sich hatte, war anders als alle anderen Kinder. Es hatte Angies Herz im Sturm erobert. Karli hatte einen Charme, der Angie unmittelbar berührte.

Karli reichte ihr die Hand und Angie umschloss die zarten Finger des Mädchens. Sie gingen gemeinsam in ihr Büro. Angie setzte die Kleine mit einer Puppe und ein paar Spielsachen auf den Fußboden. Dann machte sich Angie sofort an die Arbeit. In knapp einer Stunde brachte sie einiges über Karlis Situation in Erfahrung.

Das Kind hatte nur eine einzige lebende Verwandte – eine Tante. Sie hieß Amy und wohnte außerhalb von Denver. Angie rief die Frau an und erfuhr etwas mehr. Amy war sechsundzwanzig Jahre alt und verlobt. Ihre verstorbene Schwester war acht Jahre älter gewesen als sie. Die beiden hatten kaum Kontakt gepflegt. Seit Jahren hatten sie nicht mehr miteinander gesprochen, und Amy wusste bis zu diesem Telefonanruf gar nicht, dass sie überhaupt eine Nichte hatte.

»Ich bin die einzige Verwandte des Kindes?«, fragte Amy ungläubig. »Ich soll eine Nichte haben?«

»Ja. Sie sind Karlis einzige Tante.« Angie blätterte durch die Schriftstücke auf ihrem Schreibtisch. »Ich habe jede andere Möglichkeit überprüft.« Pause. »Ich würde Ihnen Karli gern vorstellen. Falls Sie an dem Kind interessiert sind, ist das das Beste, was dem kleinen Mädchen passieren kann. Viel besser auf jeden Fall, als wenn es in fremde Hände kommt.«

Am anderen Ende der Leitung blieb es weiterhin mucksmäuschenstill. »Da haben Sie sicher Recht«, klang es endlich langsam und bedächtig in Angies Ohr. »Sie können mich gern jederzeit besuchen kommen, aber ich kann … ich kann Ihnen nicht versprechen, dass ich das Kind nehmen werde. Das ist alles … Es kommt so plötzlich. Ich muss erst mit meinem Verlobten reden.«

»Das ist ganz selbstverständlich.« Angie warf einen raschen Blick auf ihren Terminkalender. »Ich würde mit Karli gern am kommenden Wochenende zu Ihnen kommen. Wir könnten am Samstag kurz nach Mittag eintreffen, wenn Ihnen das passt.«

»Das geht in Ordnung.« In ihrer Stimme schwang Unsicherheit. Aber immerhin war sie kooperativ. Amy gab Angie eine Wegbeschreibung und damit war das Gespräch beendet.

Während Angie den Hörer auflegte, spürte sie eine seltsame Nervosität in sich. Sie zitterte richtig. Amy sollte von ihrer Schwester in New York seit Jahren nichts mehr gehört haben? Von Karli hatte sie bisher überhaupt nichts gewusst? Und so wie es klang, hatte sie nicht einmal die Absicht, zur Beerdigung ihrer Schwester nach Manhattan zu fliegen. Was war das denn für eine Familie, die sich offensichtlich völlig gleichgültig geworden war? Wie konnte Amy dem Kind Geborgenheit schenken, wenn Familie ihr wenig bis nichts bedeutete?

Angie versteckte ihre Befürchtungen im hintersten Winkel ihres Bewusstseins und blieb so sachlich, wie sie es in den letzten Jahren gelernt hatte. Für ein Kind war es in jedem Fall besser, bei einer gesunden, lebenstüchtigen Verwandten unterzukommen als bei fremden Leuten.

Karli blieb über Nacht bei Angie. Das kam hin und wieder einmal vor, wenn eine Lösung für ein Kind absehbar war und wenn sich eine kurzfristige Pflegestelle einfach nicht lohnte.

Am nächsten Morgen frühstückten Angie und Karli zusammen und fuhren anschließend zum Flughafen. Während sie nebeneinander im Flugzeug saßen, fühlte sich Angie so eng mit dem kleinen Mädchen verbunden, wie sie es normalerweise gar nicht zuließ. Jede halbe Stunde etwa schaute Karli zu ihr auf und jammerte: »Ich will zu meiner Mami.«

Und Angie antwortete jedes Mal mit Engelsgeduld: »Mama ist nicht da, Liebling.« Auch das gehörte zu ihrer Ausbildung. »Lügen Sie niemals Kinder an und sagen ihnen nie, ihre Eltern würden bald wiederkommen, wenn das eindeutig unmöglich ist.« Mochte es ihr auch noch so schwer fallen, sie musste ehrlich bleiben. Für eine Zweijährige reichte es aus zu sagen: »Mama ist nicht da.« Das war die Wahrheit, denn vom Tod hat ein so kleines Kind noch keine Vorstellung.

Kurz vor Denver schlief Karli fest ein. Angie nutzte diese Zeit, es sich bequem zu machen. Sie schaute durch die Fensterluke in den unendlich weiten blauen Himmel. Wie so oft seit dem Telefongespräch mit Karlis Tante Amy betete Angie:

»Lieber Gott, tu ein Wunder für Karli. Sie ist so klein und mutterseelenallein auf der Welt. Falls diese Amy sie nicht unbedingt will, dann mache mir das heute bitte absolut klar.« Sie unterbrach ihr Gebet und wartete ab. Manchmal, wenn sie betete, spürte sie die Gegenwart des Herrn ganz nah. So nah wie ihren nächsten Atemzug. Und so war das auch in diesem Moment. Sie senkte die Augen. »Ich habe eine besondere Zuneigung zu diesem Kind. Falls Amy sie nicht haben will, lass mich Teil von Karlis Leben werden. Bitte, lieber Gott.«

Als sie ihr Gebet beendet hatte, lief ihr sogar ein Schauer über den Rücken. So etwas hatte sie noch nie für ein Kind, das sich in ihrer Obhut befand, gebetet. Was es mit Karli auf sich hatte, wusste sie nicht. Aber es war anders als sonst. Und Angie hatte das seltsame Gefühl, dass Gott etwas Ungewöhnliches tun wollte.

Sie landeten pünktlich kurz nach zwölf in Denver, aßen eine Kleinigkeit zu Mittag und mieteten ein Auto. Amy wohnte etwa zwanzig Minuten nördlich von Denver auf dem Land. Angie fuhr in die Einfahrt des Hauses und schaute über die Schulter nach Karli. »Hallo, du kleiner Liebling. Wir sind angekommen!« Vorsichtshalber hatte sie nicht erwähnt, dass die Frau, die sie besuchen wollten, ihre Tante sei. Man konnte nie wissen, wie die Sache ausging!

Karlis Augen füllten sich mit Tränen. »Mami?«

Angie durchzuckte ein Schmerz. »Sie ist nicht da, Liebling.« Mühsam versuchte Angie ein Lächeln. »Ich bleibe bei dir. Okay?«

Als Karli erst einmal aus ihrem Kindersitz befreit war, lief sie fröhlich auf das Haus zu. In diesem Augenblick öffnete sich die Haustür und eine Frau trat heraus, eilte drei Schritte auf sie zu und blieb wie angewurzelt auf der Stelle stehen.

Angie schaute die Frau an, die nur noch knapp zehn Meter von ihr entfernt stand.

Träume oder spinne ich?, war alles, was Angie in diesem Moment denken konnte. Die Frau glich ihr aufs Haar, wie ein Spiegelbild. Und so, wie sie sich benahm, hatten beide Frauen zugleich die verblüffende Ähnlichkeit entdeckt.

»Sind Sie … sind Sie Amy?«

»Ja.« Ihre Stimme klang genauso geschockt wie Angie sich fühlte. »Sie sehen…«, und dabei trat sie noch einen Schritt vor, »Sie sehen genauso aus wie ich.«

»Ja, das habe ich auch gerade gedacht.« Angie hielt sich an Karlis Hand fest. Sie sahen sich so sehr ähnlich, dass sie in diesem merkwürdigen Augenblick das Kind fast vergessen hätte.

Amy schützte ihre Augen mit der Hand vor der Mittagssonne. »Sind Sie adoptiert worden?«, fragte sie.

Angie suchte nach einer Sitzgelegenheit. »Ja. Als Säugling.«

»Tatsächlich?«, fragte Amy erregt. »Ich auch.«

Angie war sprachlos. Ihr fiel nichts mehr ein. Sie schaute auf das Kind an ihrer Seite und stellte es rasch vor. »Das ist Karli.«

Amy lächelte das Mädchen an. »Fein, Karli und Angie«, sagte sie und schaute auf. »Lasst uns ins Haus gehen.«

In der folgenden Stunde erfuhr Angie die unvorstellbare Wahrheit über sich und Amy. Sie waren tatsächlich am selben Tag in derselben Stadt geboren worden. Ihre leibliche Mutter – eine Frau, von der beide nichts Weiteres wussten – muss eineiige Zwillinge geboren und sie an zwei Adoptivfamilien weitergegeben haben. Als sie die Wahrheit aufgedeckt hatten, fielen sich die jungen Frauen lachend und weinend in die Arme.

Karli spielte in ihrer Nähe, während sie aus ihrem Leben erzählten und sich austauschten. Beide liebten heiße Sommertage, trugen ihr dunkles dichtes Haar am liebsten kurz geschnitten und hatten fast die gleichen Kurse am College belegt gehabt. Und sie mochten beide für ihr Leben gern Pfefferminzeis.

Erschöpft lehnte sich Angie im Sessel zurück und blickte ihre Schwester unentwegt an. »Ich habe mir sogar einige Gedanken um dich gemacht.«

»Um mich?«

»Ja, weil du nicht sehr familienorientiert schienst. Weil du mit deiner Schwester den Kontakt verloren hattest.«

»Das ging vor allem von meiner Schwester aus. Sie war schon recht früh in Schwierigkeiten geraten und war von zu Hause abgehauen. Niemand von uns hatte Kontakt zu ihr.«

»Und nun bist du auf einmal Tante.« Angie blickte zu Karli. »Hast du darüber mal genauer nachgedacht?«

Amy lächelte verschmitzt. »Hast du darüber mal genauer nachgedacht?«

»Wieso ich?«

»Ich meine nur so.« Amy grinste. »Wenn du ihre Tante bist …?«

Es ratterte in ihrem Kopf. Plötzlich lachte Angie hell auf. »Hurra, dann bin ja auch ich Karlis Tante! Adoptionsfamilien sind immer für Überraschungen gut. Es sind im wahrsten Sinne des Wortes ›wunderbare‹ Familien.«

»Ja, das stimmt.«

Die jungen Frauen wurden sich schnell einig. Da Angie ihre gleich aussehende Zwillingsschwester gefunden hatte, von deren Existenz sie bislang nichts ahnen konnte, zog sie aus diesem Grund nach Denver um. Hier kann sie sich an dem Wunder ihres Lebens freuen und so viel Zeit mit Karli verbringen, wie sie will. Wie es Karli geht? Sie fühlt sich wohl bei ihrer heiß geliebten Mami Amy.

Ein Wunder im Doppelpack

Bob und Sarah Williams waren sich bei ihrer Hochzeit einig: Kinder kamen für sie nicht infrage. Seitdem sie an der Universität von *Illinois* Stars in Leichtathletik gewesen waren, lebten sie vor allem für den Sport. Sie zogen an die Pazifikküste im Nordwesten von Amerika und arbeiteten beide bei der Firma *Nike*. In ihrer Freizeit spielten sie Tennis, joggten oder verbrachten viel Zeit im Fitness-Studio.

Eines Tages kam Sarah nach einer Routineuntersuchung bei ihrem Frauenarzt ganz aufgelöst nach Hause. Sie war schwanger! Und das trotz sorgfältiger Verhütungsmethoden. Sarah war fassungslos. In den ersten sechs Wochen nach dieser Hiobsbotschaft war sie außerstande, irgendeine Entscheidung zu treffen. Ihre Mutter, eine Christin, besuchte sie häufig und betete für sie.

»Gott hat mit euch und eurem Kind einen Plan, Sarah. Sonst wärst du nicht schwanger geworden. Denk nicht daran, was ihr durch eine Schwangerschaft verlieren könntet. Denk daran, was ihr gewinnt.«

Sarah hatte bisher nicht oft gebetet, doch im Hinblick auf die nahe Zukunft, die ihr und Bob eine wohlüberlegte Entscheidung für sie selbst und das Kind abverlangte, wandte sie sich im Gebet an Gott:

»Gott im Himmel«, stöhnte sie zwischen ihren Übelkeitsattacken, »wenn es dich gibt, sprich zu uns! Was sollen wir tun?«

Selbst Bob begann zu beten. »Guter Gott, dass Sarah schwanger geworden ist, ist mir unbegreiflich. Es ist ein Wunder. Darum mach uns klar, ob wir dieses Kind behalten sollen.«

In derselben Woche stieß Sarah beim Fernsehen auf einen Film über die einzelnen Entwicklungsstadien des Kindes im Mutterleib. Seitdem gab es für Bob und Sarah nur noch zwei Optionen: Entweder das Kind behalten oder zur Adoption freigeben.

Während Sarah immer noch über diese beiden Möglichkeiten nachgrübelte, wachte sie eines Nachts auf und fühlte leichte Bewegungen in ihrem Unterleib. Stießen da Schmetterlingsflügel an ihre Bauchdecke? Das Gefühl hielt einige Sekunden an. Plötzlich verstand Sarah, was sie da spürte. Das war ihr Kind!

Sie richtete sich hastig auf und rüttelte Bob leicht an der Schulter. »Wach auf, Bob! Schnell, wach auf!« Ihr Flüstern wurde laut: »Du wirst es nicht glauben!«

Bob gähnte zweimal ausgiebig und öffnete endlich die Augen. Nach ein paar Sekunden blinzelte er zu seinem Wecker hinüber. »Es ist mitten in der Nacht, Liebling. Hat es nicht Zeit, bis der Wecker klingelt?«

»Nein.« Sarah konnte ihre Begeisterung nicht länger für sich behalten. »Ich habe es gespürt, Bobby. Ich habe es richtig gespürt!«

»Was hast du gespürt?«

»Das Baby!« Sie legte ihre Hand auf ihren Leib. »Unser Kind!«

Jetzt riss Bob die Augen weit auf. »Du meinst … du spürst, dass es sich bewegt?«

»Ja!« Sie gluckste vor Vergnügen. »Es fühlt sich an wie der Flügelschlag von Schmetterlingen in meinem Bauch.«

Sarahs nächtliche Begeisterung hielt den ganzen Tag an. In den nächsten Wochen nahmen die Bewegungen des Babys zu. Bobs und Sarahs Begeisterung wuchs. Als Sarah im sechsten Monat schwanger war, freute sich das junge Paar von Herzen darauf, Eltern zu werden. Gemeinsam gingen Bob und Sarah zum Frauenarzt und erfuhren die größte Überraschung ihres Lebens.

Sarah trug nicht nur ein Kind in ihrem Bauch, sie trug zwei. Zwei Jungen, wie sich bei der Ultraschalluntersuchung herausstellte.

In den folgenden Tagen schwankten Bob und Sarah zwischen Vorfreude und Fassungslosigkeit. Sie und Zwillinge? Was für ein aufregendes Leben. Gemeinsam wollten sie ihre Kinder lieben und aufziehen und richtige Sportskanonen aus ihnen machen. Sie konnten sich kaum noch vorstellen, dass sie zu Beginn der Schwangerschaft gar keine Kinder hatten haben wollen.

Sie nutzten die kommenden Wochenenden zum Einkaufen. Das Gästezimmer wurde zu einem Kinderzimmer, das sie ganz im Sinne ihrer Sportbegeisterung dekorierten und mit den dazu passenden Bettchen ausstatteten.

Am Sonntagabend dieses Wochenendes wurde Sarah plötzlich von heftigen Schmerzen im Unterleib überrascht. Bob und Sarah hatten bereits einiges über Geburten gelesen und wollten in der kommenden Woche einen Geburtsvorbereitungskurs belegen. Falsche Wehen kamen schon mal vor, so viel wussten sie bereits, aber dieser Schmerz war buchstäblich atemberaubend.

Gegen elf Uhr nachts war Sarah am Ende ihrer Kräfte. Jetzt hatten auch noch Blutungen eingesetzt.

»Bob!«, rief sie aus dem Badezimmer. Ihr Mann stürzte zu ihr. »Bob, du musst mich ins Krankenhaus bringen. Irgendetwas stimmt nicht!«

Vorsichtig geleitete er sie zum Auto, half ihr auf den Beifahrersitz und fuhr sie zum *Emanuel Hospital.* Die Ärzte bestätigten Sarahs Befürchtungen. Ja, da war sehr vieles nicht mehr in Ordnung. Die Plazenta war gerissen und darum blutete sie stark. Schwarze Flecken tanzten vor ihren

Augen, während Sarah verzweifelt versuchte, die Worte des Arztes zu begreifen. Die Babys befanden sich in Lebensgefahr. Es musste rasch ein Eingriff gemacht werden.

Die Worte des Arztes wurden für sie unverständlich und Sarah suchte hilfesuchend mit den Augen nach ihrem Mann. Bevor sie ihn finden konnte, spürte sie, dass sie ohnmächtig wurde und ins Schwarze fiel.

Als Sarah nach fast zwei Tagen wieder aufwachte, brauchte sie Bob nicht zu fragen, was geschehen war. Ihr Bauch war nicht mehr so dick wie zuvor. Und Bob weinte.

»Du bist aufgewacht!« Er erhob sich erleichtert und trat an ihre Seite.

Sie wollte keine Fragen stellen, aber die Wahrheit blieb ihr nicht erspart. Ohne eine Miene zu verziehen suchte sie nach seinen Augen und fragte tonlos: »Wo sind die Kinder?«

»Sie sind ...« Er ließ den Kopf hängen. Schließlich nahm er ihren Blick wieder auf: »Sie sind nicht mehr da.«

Der Trauerprozess übertraf alles, was Sarah sich bis dahin an Leid auf dieser Welt hatte vorstellen können. Niemals würde sie ihre Söhne zu Gesicht bekommen. Niemals würde sie ihre Kinder im Arm halten dürfen. Der Verlustschmerz war entsetzlich. Am schlimmsten war, dass ihre Sportsfreunde gelegentlich gutmütig meinten: »Da habt ihr noch mal Glück gehabt. Im Grunde seid ihr zwei doch absolut nicht zum Kinderkriegen geschaffen.«

Im Laufe der nächsten Monate musste Sarah sich mit einer weiteren traurigen Tatsache abfinden. Durch die Fehlgeburt war ihre Gebärmutter so geschädigt worden, dass sie keine weiteren Kinder bekommen durfte. Im Gegensatz zu ihren Freunden waren Bob und Sarah seit dem Verlust der Zwillinge nicht mehr glücklich, ein Leben ohne Kinder zu führen. Deshalb setzten sie sich ein Jahr nach dem Tod der Babys mit der Möglichkeit einer Adoption auseinander.

Sie beabsichtigten, ein neugeborenes Kind aus den Vereinigten Staaten zu adoptieren. Vielleicht ein Baby, dessen Mutter als Teenager zu jung für ein Kind war.

Die Adoptionsverfahren liefen langsam. Es brauchte Monate, bis ihre häuslichen Verhältnisse überprüft worden waren und eine Sozialarbeiterin das Gespräch mit ihnen aufgenommen hatte. Sie besuchten Abendkurse über Kinder aus Risikofamilien und über elterliche Bindungen. Nach neun Monaten war immer noch kein Kind in Sicht.

In dieser Zeit begannen Bob und Sarah wieder zu beten. Nach dem Tod ihrer Jungen waren sie sich zunächst nicht mehr sicher gewesen, ob auf einen Gott, der ihre Babys hatte sterben lassen, Verlass sei.

Sarahs Mutter versuchte es ihnen so gut wie möglich zu erklären: »Gott macht keine Fehler. Er hat gesagt, dass wir in dieser Welt mit Schwierigkeiten rechnen müssen. Und das stimmt. Aber er bittet uns trotzdem, anhaltend zu beten.«

Von da an beteten Bob und Sarah wieder. Sie baten Gott, ihnen ein Baby zu schenken. Ein Kind, das das Loch in ihren Herzen stopfen würde. Und eines Tages wurden sie tatsächlich von ihrer Sozialarbeiterin angerufen.

»Ich habe einen kleinen Jungen für Sie.«

Sarahs Herz machte einen Freudensprung. Jetzt war es nicht mehr wichtig, wie lange sie gewartet hatten. Gott hatte ihre Gebete erhört. Er schenkte ihnen einen Sohn. Ein Kind, das den Platz, den die Zwillinge in ihren Herzen geschaffen hatten, ausfüllen würde. »Wie alt ist er?«

»Das kann ich so nicht sagen ...« Die Sozialarbeiterin zögerte. »Er ist genau genommen noch gar nicht geboren. Aber wenn Sie in der nächsten Stunde ins Krankenhaus kommen können, werden Sie wahrscheinlich gerade rechtzeitig zur Geburt da sein.«

Die Sozialarbeiterin gab ihnen noch ein paar weitere Informationen: »Es handelt sich bei der jungen Mutter um eine Ausreißerin, die aufgegriffen wurde. Sie war Pflegeeltern zugeteilt worden. Das Mädchen hatte sich aber in der Kleinstadt der Pflegeeltern in schlechte Gesellschaft begeben. Drei Monate später war sie schwanger und verschwunden. Bis vor einer Woche hat sie noch auf der Straße gelebt. Dann stellte sie sich der Polizei. Von dort aus hat sie mich angerufen, und ich habe ihr versprochen, eine liebevolle Familie für sie zu finden, die ihr Baby adoptieren wird.«

Bob und Sarah griffen nach einer Decke und der Babyschale fürs Auto. Beides hatte schon zu der Ausstattung ihrer verstorbenen Zwillinge gehört. Schnell eilten sie damit zum Krankenhaus und bereits nach einer Stunde erschien ein Arzt im Wartezimmer.

»Die Geburt ist sehr gut verlaufen. Mutter und Kinder sind wohlauf.«

Sarah runzelte die Stirn und schaute Bob fragend an. »Was hat er gesagt?«, verriet ihr Blick.

Bob wandte sich an den Arzt. »Sie sprachen von *Kindern*? Dann sind wir sicher leider das falsche Paar.«

»Aber Sie sind doch Bob und Sarah Willams, oder?« Ein Lächeln huschte über das Gesicht des Arztes.

»Ja, das ist richtig, aber …«

»Die Mutter ist noch sehr jung«, er machte eine Pause. »Sie wusste nicht, dass sie Zwillinge erwartete.«

In diesem Augenblick trat die Sozialarbeiterin ins Wartezimmer. In ihren Augen standen Tränen. »Sie sind offensichtlich zu mehr als nur zu einem Kind bestimmt. Es sind zwei Jungen. Wenn Sie beide nehmen wollen, gehören sie Ihnen.«

»Wie bitte? Zwillinge? Zwei Jungen?« Sarah konnte es nicht fassen. Sie griff nach Bobs Arm. Zwei neugeborene Jungen, die ein Zuhause brauchten. Sie sah das Kinderzimmer vor sich, das sie damals mit allem zweifach ausgestattet hatten, nachdem sie gewusst hatten, dass sie mit Zwillingen rechnen durften. Und ganz genau so war es noch eingerichtet – mit zwei Bettchen, zwei Wickelkommoden, einem Zwillingswagen. Alles stand bereit für zwei frisch geborene Buben.

»Ich habe noch nie miterlebt, dass zwei gesunde Kinder

den Mutterleib so blitzschnell verlassen haben wie diese Kerlchen«, lachte die Sozialarbeiterin und ließ ihre Tränen kullern. »Das kann doch kein Zufall sein«, meinte sie nachdenklich und hob fragend die Schultern.

»Nein, das war bestimmt kein Zufall«, antwortete Bob bewegt. Er legte seinen Arm um Sarah und zog sie zärtlich an sich. »Es ist ein Wunder, für das wir gebetet haben.«

Und so war es auch. Als sie ihre beiden Söhne nach Hause fuhren, waren Bob und Sarah davon überzeugt, dass die lange Verzögerung in ihrem Adoptionsverfahren ein Teil von Gottes Plan gewesen war. Denn nur er konnte mit diesen wunderbaren Zwillingssöhnen seine Hand im Spiel gehabt haben, damit sie die Leere füllen konnten, die ihre verstorbenen Zwillinge bei Bob und Sarah hinterlassen hatten.

Gottes Wege

Margaret und Bill Jefferson sprachen nicht viel mit anderen über ihr Leid. Sie litten im Verborgenen.

Nach vier Fehlgeburten mochten sie nicht mehr mit ihren Familienangehörigen über Kinder reden. Seit sechs Jahren waren sie verheiratet und wünschten sich von ganzem Herzen Kinder. Aber egal, was Margaret und ihre Ärzte auch unternahmen, nichts und niemand konnte ihnen diesen Wunsch erfüllen.

Während ihrer abendlichen Spaziergänge durch die hügelige Landschaft von North Carolina sprachen sie über ihre Hoffnungen und über ihre Enttäuschungen.

»Ist es nicht merkwürdig«, fragte Margaret ihren Mann hin und wieder, »dass jeder uns behandelt, als sei der Verlust eines Kindes während der Schwangerschaft nicht schlimmer als ein einfacher Knöchelbruch?«

Und genau so war es. Ihre Freunde und Familienangehörigen wussten offensichtlich nicht, wie sie auf ihre Fehlgeburten reagieren sollten. Für Margaret und Bill aber war der Verlust eines jeden Kindes ein leidvoller Trauerfall. Sie hatten die möglichen Geburtsdaten ständig im Kopf und wussten genau, wie alt ihre Kinder wären, wenn sie noch lebten.

Bill litt sehr mit seiner Frau, und so begann er schließlich, für Margaret zu beten: »Vater im Himmel, bitte lass Margaret eine Freundin finden, die den Verlust unserer

Kinder versteht und die mitfühlen kann, wie verzweifelt gerne sie Mutter werden möchte.«

Als Margaret von dem Literaturkreis ihrer Kirchengemeinde erfuhr, entschied sie sich, daran teilzunehmen und gemeinsam mit anderen wertvolle Bücher der Weltliteratur zu lesen. Sie hatte dort zwar bereits vor einiger Zeit auch schon an einem Bibelgesprächskreis teilgenommen, aber jedes Mal war sie hinterher weinend nach Hause gefahren, mit dem Gefühl, dass niemand sie so richtig verstehen konnte.

Im Literaturkreis war das anders. Bücher waren ein Zufluchtsort, an den Margaret bis dahin nicht gedacht hatte. Auf diese Weise entdeckte sie einige Autoren, die besonders realitätsnahe Romane schrieben, und deren Geschichten ihr Herz berührten und sie aufmunterten. Hier entdeckte sie Vorbilder, die ihr halfen, auf Jesus zu schauen.

Während ihres vierten Besuches dieses Kreises lernte sie eine Frau namens Joanne kennen, zu der sie sich von Anfang an hingezogen fühlte. Und nachdem sie sich während der Kaffeepause miteinander unterhalten hatten, wusste Margaret, was sie mit Joanne verband. Sie waren auf das Thema Kinder zu sprechen gekommen, und Joanne hatte erzählt, dass sie zwei Mädchen habe.

»In Wirklichkeit habe ich ja vier Kinder.«

»Vier Kinder?« Margaret hob nachdenklich die Kaffeetasse an ihren Mund.

»Ja, vier!«, bestätigte Joanne und lächelte dabei. In ihrem Tonfall lag allerdings kein Stolz, sondern eher ein Schmerz, der Margaret vertraut klang. »Ich hatte zwei Fehlgeburten. Meine Babys werde ich erst im Himmel wiedersehen. Trotzdem gehören die zwei ganz eng zu mir.«

Margaret sagte kein Wort dazu. Sie konnte nichts sagen. Es hatte ihr die Sprache verschlagen. Ihr Kinn begann zu zittern. Tränen ließen plötzlich ihren Blick verschwimmen und sie sagte: »Ich … ich weiß, wovon du sprichst.«

Joanne reichte Margaret die Hand und drückte sie sanft.

»Ich habe es mir gedacht. Weißt du, ich habe gebetet, dass Gott mir hilft, über diesen Literaturkreis Kontakt zu finden. Vielleicht sogar eine Freundin zu entdecken, mit der ich einiges gemeinsam habe!«

»Und das bin ich.« Margaret suchte vergebens nach einem Taschentuch, zog die Nase hoch und wagte ein Lächeln. Dann erzählte sie Joanne von ihren vier Kindern, die sie alle durch Fehlgeburten verloren hatte.

»Als ich das letzte Mal beim Arzt war, hat er gemeint, dass ihm die Möglichkeiten ausgingen.« Sie seufzte. »Wir haben schon alles versucht!«

Joanne lehnte sich im Sessel zurück. »Und was hältst du davon, ein Kind zu adoptieren?«

»Adoptieren?« Das Wort wollte kaum über ihre Lippen. Margaret hatte sich unter Kindern immer ihre eigenen Kinder mit ihrem Mann Bill vorgestellt und keine fremden. Sie musste erst einmal schlucken. Plötzlich kam ihr eine Idee: »Bist du vielleicht auf diesem Weg an deine ...?«

»Genau!«, lachte Joanne und fügte vergnügt hinzu: »Wir haben zwei Geschwister adoptiert. Zwei Mädchen, die sonst keine Chance gehabt hätten.«

Verwirrt stellte Margaret ihre Kaffeetasse auf den Tisch. Vor langer Zeit hatte sie vielleicht schon einmal an Adoption gedacht, aber etwas hatte sie stets davon abgehalten, über diese Möglichkeit zu sprechen.

»Wie kannst du ... ich meine, wie schaffst du es, die Mädchen wie deine eigenen Kinder zu lieben?«, fragte sie interssiert.

»Das *sind* meine eigenen Kinder!« Joannes strahlendes Lächeln verblasste ein wenig. Ihr Gesicht nahm einen ernsten, liebenswerten Ausdruck an. »Keines unserer Kinder gehört uns wirklich. Wenn Gott uns ein Kind anvertraut, es in unsere Obhut gibt, gehört das Kind uns nur so lange, wie Gott es wünscht.« Ein frisches Lächeln erhellte erneut ihr Gesicht. »Wenn man es recht bedenkt, sind uns alle unsere Kinder nur für eine Zeitlang anvertraut.«

Margaret ließ diesen Gedanken auf sich wirken. *Alle Kinder gehören Gott. Er gibt sie uns und er nimmt sie uns. Er vertraut sie uns eine Zeitlang an – das kann eine lange oder eine kurze Zeitspanne sein.*

Am Abend sprach sie mit Bill darüber. »Ich habe eine Freundin gefunden, Bill.« Sie kuschelte sich zu ihm aufs Sofa. »Liebling, was hältst du von einer Adoption?«

Bill schaute seine Frau zärtlich an. Er strich ihr behutsam eine Haarsträhne aus der Stirn. »Ich habe schon lange darüber nachgedacht.«

»Wirklich?« Margaret richtete sich ein wenig auf. »Aber du hast nie mit mir darüber geredet.«

»Nein.« Bill schaute versonnen aus dem Fenster und auf die langen Schatten in ihrem Vorgarten. »Ich glaube, ich habe Angst davor«, antwortete er langsam.

Das war ein Zug an ihrem Mann, den sie so noch nicht kannte. Und sie fühlte sich ihm von Herzen zugetan. »Angst wovor?«, fragte sie ihn.

Er holte tief Luft. »Als ich im vierten Schuljahr war, war meine Lehrerin ein halbes Jahr lang rundum glücklich und richtig lustig. Sie hatte einen kleinen Jungen adoptiert.« Bill beugte sich vor und stützte die Ellbogen auf seine Knie. »Nach den Weihnachtsferien trat sie wieder in unser Klassenzimmer und war von dem Augenblick an wie ausgewechselt.« Er schaute seine Frau an. »Die Mutter des kleinen Jungen hatte ihr Kind wieder zurückgeholt.«

»Die Adoption war also rückgängig gemacht worden?«

»Genau das.« Bill verzog das Gesicht, als ob ihm die Erinnerung daran immer noch wehtat. »Ich erinnere mich, wie sie einmal zu einer anderen Lehrerin gesagt hat: ›Egal, wohin der Kleine geht, egal, wie sein Leben verläuft, ich werde mich immer wie seine Mutter fühlen.‹«

Die Geschichte bewegte Margaret sehr. »Ach, wie schrecklich!«

»Ja, das fand ich auch.« Langsam stieß Bill die Luft durch seine zusammengebissenen Zähne. »Es tat mir richtig weh, mit anzusehen, wie sehr meine Lehrerin litt. Die Frau, die so glücklich und so begeistert gewesen war. So viel ich weiß, hat sie nie mehr eine zweite Adoption gewagt.«

Margaret dachte über diese Geschichte nach. »Das ist also der Grund, warum du eine Adoption für uns nie zur Sprache gebracht oder in Erwägung gezogen hast?«

»Ja, ich glaube schon.« Bill reckte sich und stand auf. »Und schon in diesem Augenblick, in dem wir über diese Möglichkeit sprechen, denke ich daran, wie es wäre, wenn *wir* eine Adoption planten, uns auf das Kind freuten, es aufnähmen und es uns dann im letzten Moment von der leiblichen Mutter wieder weggenommen würde, weil sie es sich ganz plötzlich anders überlegt hätte!« Bill verzog empört das Gesicht. »Oder es kommt noch schlimmer. Wir haben das Kind bereits eine ganze Weile bei uns zu Hause und die Mutter ändert ihre Meinung, nachdem wir das Kind bereits lieb gewonnen haben.«

Diese Vorstellung erschreckte auch Margaret. Und doch ließ ein Gedanke sie nicht mehr los: Bestimmt kam es nicht sehr häufig vor, dass Mütter, die ihr Kind zur Adoption freigegeben hatten, ihre Meinung plötzlich änderten. Was Bills Lehrerin widerfahren war, musste ihnen nicht auch passieren.

»Gott weiß, was er tut«, würde sie zu Bill sagen, wenn in nächster Zeit das Gespräch noch einmal auf das Thema Adoption kommen sollte. »Er weiß, dass wir das nicht auch noch ertragen könnten. Vielleicht sollten wir uns trotzdem einmal etwas näher mit dieser Möglichkeit beschäftigen.«

Von da an sprachen sie tatsächlich wiederholt über eine Adoption und mit der Zeit verschwanden auch ihre letzten Bedenken.

Schließlich setzte sich das Paar mit einem Anwalt für Familienrecht in Verbindung. Und bereits während der ersten Konsultation sprachen Bill und Margaret mit ihm über ihre Erfahrungen. »Wir warten lieber drei Jahre länger auf ein Kind, bevor wir es mit einer Mutter zu tun bekommen, die ihre Entscheidung später zurücknimmt.« Bills Stimme klang sehr resolut. »Wir haben bereits vier Kinder verloren. Einen weiteren Verlust würden wir nicht ertragen.«

Der Anwalt zeigte sich verständnisvoll für ihre Situation. »Die Vermittlung liegt in meiner Hand. Sie können sicher sein, dass die Adoption fast zu hundert Prozent ein solches Risiko ausschließt.«

Fast zu hundert Prozent! Das kleine Wörtchen *fast* zehrte an Margarets Nerven. Sicher war nur, dass nichts hundertprozentig sicher ist! Während der Anwalt nach einem Kind für sie suchte, erinnerte sich Margaret immer wieder daran, ihre Hoffnungen nicht auf den Prozentsatz oder auf die Versprechungen des Anwalts zu setzen. Vielmehr sollten sich Bills und ihre Hoffnungen allein auf Gott richten. Er allein wusste, was sie ertragen konnten und was sie bereits alles durchgemacht hatten.

Im weiteren Verlauf der Suche entschieden Margaret und Bill, dass es für sie nicht wichtig sei, ob sie einen Jungen oder ein Mädchen adoptierten. Wichtig für sie war nur, dass sie sich auf die Entscheidung der Mutter, ihr Kind abzugeben, verlassen konnten. Sechs Monate nach Abschluss der Untersuchungen ihrer häuslichen Gegebenheiten erhielt das Paar einen Anruf von seinem Anwalt.

»Ich habe eine Mutter gefunden und würde mich freuen, wenn ich Sie Ihnen vorstellen dürfte.«

Am nächsten Morgen waren Margaret und Bill die Ersten in der Kanzlei des Anwalts. Die junge Mutter war vierundzwanzig Jahre alt und sie hatte bereits vor zwei Jahren ein Kind weggegeben. Sie war Sozialhilfeempfängerin und machte nicht gerade einen mütterlichen Eindruck. In ihrer Akte stand: »Eine Abtreibung kommt für mich nicht infrage, ich habe aber allerdings kein Interesse, jetzt Mutter zu werden. Das Leben ist kurz. Ich strebe eine Karriere an, um die ich mich zuerst kümmern muss. Anschließend bleibt mir für Kinder immer noch genug Zeit.«

Die Adoption sollte offen verlaufen, das war die einzige

Bedingung gewesen, die die Mutter gestellt hatte. Margaret und Bill erklärten sich damit einverstanden, denn sie gingen davon aus: Eine Frau, die alles so exakt durchdenkt, steht zu ihrem Wort. Und außerdem hatte die Frau schon einmal ein Kind weggegeben. Die Voraussetzungen waren, so meinte auch der Anwalt, ausgesprochen gut.

Es vergingen einige Monate, bis Margaret und Bill mitgeteilt wurde, dass die junge Frau ein Mädchen erwartete. Ihr Anwalt hatte ihnen geraten, dem Kind noch keinen Namen zu geben. »Aufgrund ihrer Befürchtungen, die Mutter könne im letzten Moment ihre Meinung ändern, würde ich Ihnen raten, sich emotional zurückzuhalten und sich erst innerlich zu binden, wenn die Sache endgültig in trockenen Tüchern ist«, meinte er.

Margaret und Bill waren voller Freude und nicht in der Lage, dem Rat ihres Anwalts zu folgen. In knapp fünf Wochen sollte ein Töchterchen bei ihnen einziehen? Das dauerte ja gar nicht mehr lange. Begeistert suchten die erwartungsfrohen Eltern ein weißes Bettchen mit rosa Bettzeug aus. Sie nannten ihr Kind Brianna Suzanne, dekorierten das Kinderzimmer und zählten die Tage, bis sie das Kind als ihr Kind in ihre Familie holen konnten.

Die wenigen Wochen eilten dahin. Mit der Adoption war so weit alles klar und zur Vorbereitung nahmen Margaret und Bill an einem Kurs für frühkindliche Erziehung teil. Da – endlich kam der ersehnte Anruf!

»Sie ist bereits im Kreißsaal. Vielleicht dauert es noch etwas. Doch wenn Sie sich jetzt auf den Weg zum Krankenhaus machen, haben Sie die Chance, Ihre Tochter gleich nach der Geburt zu sehen.«

Margaret und Bill legten den Hörer auf und schauten einander an. Bill streckte seiner Frau die Arme entgegen und drückte sie an sich. »Unser Traum wird Wirklichkeit!«

Margaret konnte es kaum fassen. Vier Kinder hatten sie verloren. Dieses Kind konnten sie nicht mehr verlieren. »Gott ist treu. Nun wird alles gut.«

Bill nickte. Er ließ seine Blicke durch die Wohnung schweifen. »In ein paar Tagen werden wir unsere winzige Tochter nach Hause holen. Von da an wird nichts mehr sein, wie es einmal war.« Sie schauten sich überglücklich in die Augen.

»Ist das nicht unglaublich?«

»Es ist einfach traumhaft!«

Auf dem Weg zum Krankenhaus überdachten Margaret und Bill noch einmal die Information des Anwalts. Es gab zwar eine Zeitspanne von achtundvierzig Stunden, in der die leibliche Mutter ihren Entschluss zur Adoption theoretisch noch einmal rückgängig machen konnte, aber sie konnten in dieser Zeit das Kind bereits sehen, so oft sie wollten.

»Das ist nur eine Formalität«, hatte der Anwalt sie beruhigt. »Das ist in unserem Staat besser als in einigen anderen Staaten geregelt. Kein Grund zur Beunruhigung.«

Sie trafen kurz nach achtzehn Uhr im Krankenhaus ein. Irgendetwas stimmte nicht, das merkten sie sofort. Ihr Anwalt war schon da, als Margaret und Bill den Warteraum auf der Entbindungsstation betraten. Er sprach mit dem Arzt und der Sozialarbeiterin.

Das Gespräch wurde unterbrochen, als sie näher traten. Margaret klammerte sich an Bills Hand. Ihr Mann schaute unsicher vom Arzt zum Anwalt. »Was ist los? Wir ... wir haben hier nicht mit Ihnen gerechnet.«

Der Anwalt räusperte sich und warf dem Arzt und der Sozialarbeiterin einen raschen Blick zu. Zuerst schaute er Margaret und schließlich Bill an. »Folgen Sie mir bitte. Wir müssen miteinander reden.«

Margaret schlug das Herz bis zum Hals. Sie spürte kaum den Boden unter sich. Bill quetschte ihre Hand, während sie auf den Flur hinaustraten.

»Stimmt etwas nicht?« Bill sprach die Frage aus, die ihnen beiden im Hals stecken geblieben war.

Der Anwalt schaute kurz zu Boden, dann hob er die Augen. »Es fällt mir nicht leicht, es Ihnen sagen zu müssen.« Er seufzte und rieb sich den Nacken. »Die leibliche Mutter ist unschlüssig geworden.«

Unschlüssig? Träumten sie? Sie hatten alles getan, was sie konnten, um einen solchen Augenblick zu vermeiden. Das war doch nicht möglich! Die junge Frau hatte immerhin schon einmal ein Kind zur Adoption freigegeben. In Margarets Kopf drehte sich alles.

»Unschlüssig?«

Bill ließ sich gegen die nächste Wand fallen. Sein Gesicht wurde aschfahl. Das, was sie immer gefürchtet und in diesem Fall total ausgeschlossen hatten, war passiert. Er sah alle Felle davonschwimmen. »Ist die Sache damit gelaufen? Hat sie ihren Entschluss endgültig geändert?«

»Nein, nicht so richtig.« Der Anwalt verlagerte sein Gewicht von einem Bein auf das andere. »Offensichtlich war ihr erstes Kind ein Junge gewesen. Sie hatte … also, sie wollte nie einen Jungen haben. Als sie erfuhr, dass es dieses Mal ein Mädchen ist, wollte sie es zuerst nicht glauben. Aber jetzt – jetzt wo sie ihre Tochter im Arm hält – hat sich für sie ein Kindertraum erfüllt.« Er zögerte. Es fiel ihm offensichtlich schwer, die richtigen Worte zu finden. »Sie hat nach der Sozialarbeiterin verlangt und etwas geäußert, das mir zu denken gibt.«

»Was hat sie geäußert?« Ein Hoffnungsschimmer blieb. Margaret war gewillt, um ihre Tochter kämpfen.

Der Anwalt kräuselte die Stirn. »Sie äußerte, dass sie sich schon als Kind eine Tochter gewünscht habe.«

Die Worte waren wie tausend Nadelstiche. Sie durchlöcherten die glückliche Vorstellung, die für sie und Bill vor wenigen Stunden ganz real gewesen war. Sie zerrissen ihre Vorstellung in tausend Fetzen, dass sie in wenigen Tagen ihre Tochter nach Hause tragen und miteinander ein neues Leben beginnen würden.

»Ich habe die Hoffnung noch nicht ganz aufgeben.« Der Anwalt stellte sich wieder gerade hin und verschränkte die Arme vor der Brust. »Vielleicht ändert sich das noch in allerletzter Minute.«

In den nächsten beiden Stunden sagten weder Margaret noch Bill viel. Sie saßen allein in einer stillen Ecke des Wartezimmers, wo sie von Zeit zu Zeit ein hastiges Stoßgebet flüsterten. Manchmal auch wortlos jeder für sich allein.

Margarets Gebet war ganz einfach: *Gott ...wir können nicht noch einen Verlust ertragen. Wir schaffen es einfach nicht. Bitte ... bring uns das kleine Mädchen nach Hause. Wir bitten dich um ein Wunder, Herr.*

Aber nach drei Stunden stand die schreckliche Nachricht, die sie so sehr gefürchtet hatten, fest. Die leibliche Mutter blieb bei ihrem Entschluss und ließ sich entschuldigen. Sie wollte ihr Baby behalten. Ihr Kind war ihr wichtiger als alles andere auf der Welt. Sie bat die Sozialarbeiterin, Bill und Margaret zu sagen, dass es ihr leidtäte. Und damit war der ganze Vorgang abgeschlossen.

Bevor sie das Krankenhaus verließen, meinte die Sozialarbeiterin, dass es auch noch schlimmer hätte kommen können. »Ich weiß, dass Sie jetzt sehr aufgebracht sind und das kann ich verstehen.« Sie legte beschwichtigend ihre Hand auf Margarets Arm. »Zum Glück haben Sie das Kind noch nicht gesehen oder es im Arm gehalten. Das wäre noch viel tragischer für Sie gewesen.«

Das Paar verließ das Krankenhaus wie in Trance. Margaret versuchte zu beten, aber sie konnte es nicht. Sie wusste nicht, was sie beten sollte, selbst wenn sie es gekonnt hätte. Sie hatte Gott gebeten, dass er ihr dieses Baby schenken möge. Und es war nicht geschehen. Der Verlust war genauso groß wie eine fünfte Fehlgeburt – eine tiefe, unverstandene Trauer und Enttäuschung – ein Gefühl, das andere Menschen nicht nachempfinden konnten.

Noch Wochen nach dem Verlust des kleinen Mädchens dachte Margaret über das Kind – die kleine Brianna Suzanne – nach. Was für ein Leben konnte das Kind bei einer Frau erwarten, die so leichthin und oberflächlich einmal Mutter sein wollte und dann wieder nicht? Würde es im christlichen Glauben aufwachsen? Ein Halt, den Bill und Margaret dem Mädchen vermitteln wollten.

Die Fragen waren so entmutigend, der Verlust so groß, dass ein zweiter Adoptionsversuch für sie auf keinen Fall infrage kam. Margaret sprach mit Bill über ihre Möglichkeiten, und sie waren sich einig, dass für sie damit die Frage, Eltern zu werden, ein für alle Mal erledigt sei. Wenn Gott nicht wollte, dass sie ein Kind großzogen, konnten und wollten sie nichts erzwingen.

Langsam nahmen sie ihren gewohnten Tagesablauf wieder auf. Das Thema Kinder wurde möglichst vermieden.

Drei Monate nach diesem traurigen Ereignis rief die Sozialarbeiterin bei ihnen an.

»Ich habe wieder ein Mädchen für Sie.« Die Frau am Telefon war völlig begeistert. »Es ist vor einer Woche geboren worden. Offensichtlich hat es eine Verwechslung gegeben. Die Familie, für die dieses Kind bestimmt war, hat bereits ein anderes erhalten, darum gehört dieses Mädchen Ihnen, wenn Sie noch daran interessiert sind.« Anschließend erklärte ihnen die Sozialarbeiterin, dass die Mutter des Babys eine alleinstehende Frau sei, die alle Rechte an dem Kind endgültig abgetreten habe. Die Gefahr eines Rückzugs bestand in diesem Fall nicht mehr. Außerdem war das Mädchen gesund, hatte blondes, lockiges Haar und hellblaue Augen.

Bill und Margaret glaubten nicht richtig zu hören! Sie schauten einander an. Die Antwort stand für sie fest.

Schließlich räusperte sich Bill und sagte: »Ja!« Er schluckte und sagte: »Wir sind interessiert. Sagen Sie uns nur, was zu tun ist.«

Die folgenden Wochen waren wie ein Traum für Bill und Margaret. Über Nacht waren sie Eltern von einem engelgleichen Wesen geworden, einem Kind, das sie Brianna Suzanne nannten. Gott hatte ihre Gebete tatsächlich erhört, und es verging nicht ein Tag, an dem das Ehepaar sein Kind nicht als ein Geschenk des Himmels betrachtete.

Doch erst als sie einen weiteren Anruf von der Sozialarbeiterin erhielten – Brianna war gerade sechs Monate alt geworden –, erkannten sie das wahre Wunder, das ihnen in die Wiege gelegt worden war.

»Ich habe … eine traurige Nachricht für Sie.« Die Stimme der Sozialarbeiterin klang bewegt.

Margaret blieb das Herz stehen. Sie schaute auf das lächelnde Kind in ihrem Arm und küsste es auf die Wange. »Worum geht es?«

»Wissen Sie, was mit dem Kind, das Sie nicht bekommen haben, passiert ist? Mit dem kleinen Mädchen?« Die Sozialarbeiterin schwieg eine Weile. »Es hatte einen seltenen Herzfehler und ist letzte Woche im Schlaf gestorben.«

Die Nachricht traf Margaret wie ein Schlag in die Magengrube. Sie setzte sich auf den nächsten Stuhl und drückte ihre Tochter fest an die Brust. »O wie schrecklich. Das tut mir leid. Bitte, sagten Sie der Mutter, dass wir für sie beten.«

Nach diesem Telefongespräch erinnerte sich Margaret an ihr Gebet. *Bitte, lieber Gott, wir können den Verlust von noch einem Kind nicht verkraften.* Sie betrachtete die kleine Gestalt ihrer Tochter in ihrem Arm und versuchte sich vorzustellen, sie jetzt zu verlieren, nach sechs Monaten. Der Verlust jenes Babys wäre mehr gewesen, als Bill und sie hätten verkraften können. Und Gott hatte das gewusst. Darum hat er ihnen das kleine Mädchen genommen, bevor sie sich in das Kind hatten verlieben können.

Gott hatte ihnen *ihre* Brianna Suzanne ins Haus gebracht, ein Wunderbaby in so vielerlei Hinsicht.

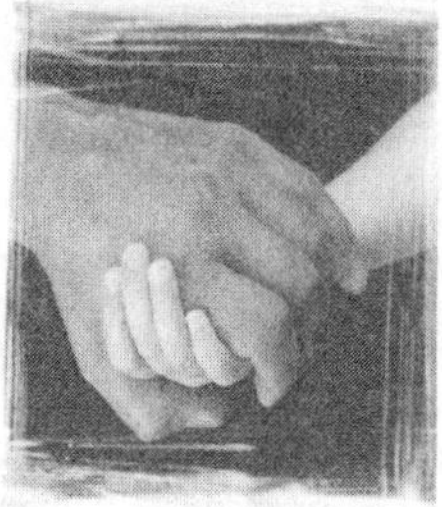

Der richtige Platz zur richtigen Zeit

Samuel Sturgell wurde Anwalt für Familienrecht. Als Scheidungswaise war er davon überzeugt, dass ein Anwalt für Familienrecht mit Gottes Hilfe viel Gutes tun und in zerrütteten Familien zu Wundern beitragen konnte. Deshalb betete Sam jeden Morgen: »Lieber Vater, nutze im Gerichtssaal meine Gaben. Ich möchte den Menschen, für die ich arbeite, deine Werte nahebringen.«

So war Sam auch nicht überrascht, als er eines Nachmittags den Anruf von Lucy Manning, einer ehemaligen Kommilitonin, erhielt. Lucy hatte mit ihm einige Semester Jura studiert, dann aber doch das Interesse an dem langen Studium verloren. Schließlich war sie Flugbegleiterin geworden und hatte sich entschlossen, ihr großes Hobby Abenteuerreisen auszuweiten. Auf diese Weise hatte sie in Portland im Bundesstaat Oregon einen passionierten Windsurfer kennengelernt. Er war vierzig Jahre alt und lebte als ausgesprochener Freigeist, dem alles Bürgerliche suspekt war, in einem Haus an einem wildromantischen Fluss. Die beiden verliebten sich sofort unsterblich ineinander, und wann immer Lucy ein paar freie Tage hatte, verbrachte sie diese bei ihrem Freund und surfte mit ihm auf den Schaumkronen des Columbian River.

Alles war wunderbar und herrlich – bis Lucy schwanger wurde. Von Anfang an versprach ihr Freund, sie zu unterstützen, aber heiraten wollte er sie nicht. Und Vater werden wollte er auf gar keinen Fall. Die beiden überlegten hin und her und schließlich schlug ihr Freund die folgende Lösung vor: »Warum gibst du das Kind nicht ab? Es ist doch ein wunderschönes Geschenk für Menschen, die sich aus vollem Herzen ein Kind wünschen!«

Lucy betrachtete alle Möglichkeiten, die sich in ihrer Situation boten und schließlich stimmte sie ihrem Freund zu. Er hatte Recht; eine Schwangerschaft würde sie in ihrer Karriere weit zurückwerfen. Außerdem würde sie sich einige Zeit von ihrem Job beurlauben lassen müssen – eine Zeit, in der sie nichts verdienen könnte. Irgendwo in Portland gab es sicher ein Ehepaar, das sich unbedingt ein Kind wünschte. Für ein solches Paar wäre das Baby ein optimales Geschenk.

Bei ihren Überlegungen, wie sie das richtige Elternpaar finden konnte, hatte Lucy sich an Sam Sturgell erinnert, ihren alten Freund und Kommilitonen. Ihm erklärte sie ihre Situation und Sam freute sich über Lucys Vertrauen und half ihr gern. Er stellte ihr eine Auswahl von adoptionswilligen Familien vor, von denen Lucy ein Paar in Salem, Oregon, auswählte, ein Ehepaar mit einem fünfjährigen Sohn, das keine weiteren Kinder bekommen konnte. Dabei nahm Lucy jedoch den kleinen Vermerk unten in der Akte des Ehepaars kaum wahr: *Nur ein gesundes Kind.*

Ihre Schwangerschaft verlief ohne Probleme. Währenddessen betete Sam weiter und arbeitete jeden Tag weiter an seinem Ziel, stets die richtigen Eltern mit dem richtigen Kind zusammenzubringen.

Genau in der Woche, in der Lucy ihren Geburtstermin hatte, trafen Anthony und Amber Aarons aus Beaverton, Oregon eine Entscheidung. Seit etwa einem Jahr bemühten sie sich um die Adoption eines Kindes. Ihre häuslichen Verhältnisse waren bereits überprüft worden und einer Adoption stand nichts mehr im Wege. Außerdem hatten sie mit Sam Sturgell Kontakt aufgenommen, und nun warteten sie jeden Tag darauf, dass sie ein Baby zugesprochen bekamen. Aber für sie kam nicht irgendein Baby infrage.

Vor einer Woche hatten sich die Aarons ein Fußballspiel angeschaut, das sie auf eine besondere Weise gefesselt hatte. Ihr Neffe spielte in einem Team von Elfjährigen, in dem einer der Jungen eine Hand ohne Finger hatte.

Das Paar beobachtete diesen Jungen genau. Er war Verteidiger und wehrte einen Torangriff nach dem anderen ab. Die Familie des Jungen saß nicht weit von Anthony und Amber entfernt. Und jedes Mal, wenn dem Jungen ein gutes Abwehrmanöver gelungen war, sprangen die Eltern auf und jubelten ihm zu.

Diese Szenen ließen Anthony Aarons Gedanken in seine eigene Vergangenheit schweifen. Anthony war mit einer Hasenscharte geboren worden, einem Geburtsfehler, der nicht selten vorkommt. Dabei ist die Oberlippe unter der Nase gespalten, sodass sich diese nicht richtig entwickeln kann. Erst mit sieben Jahren hatte Anthony an seiner Lippe operiert werden können, denn vorher hatten seine Eltern nicht das Geld dazu gehabt, um ihren Anteil an einer solchen Operation zu bezahlen. In dieser langen Zeit hatten sich die merkwürdigen Blicke und Hänseleien anderer Kinder bereits sehr auf Anthonys Psyche ausgewirkt und so besaß er fast kein Selbstvertrauen. Nicht zuletzt hatte auch sein Vater im Wesentlichen dazu beigetragen.

Wie Sams Eltern, so hatten sich auch Anthonys Eltern scheiden lassen. Allerdings war Anthony damals schon zehn Jahre alt gewesen. Nach der Scheidung hatte sein Vater, der Auslandsreisender war, ihn und seine Schwester höchstens zwei oder drei Mal im Jahr besucht.

Während eines dieser Besuche hatte Anthony mit anhören müssen, was sein Vater zu seiner Mutter sagte: »Gibt es denn gar nichts, was du für das Aussehen des Jungen tun kannst? Eine zweite Operation oder so etwas vielleicht?« Seine Stimme klang gereizt.

»Sprich bitte nicht so laut! Anthony kann mithören.«

»Das macht nichts. Er ist ein Kind. Außerdem spielt er draußen.« Der Vater hatte ärgerlich geseufzt. »Er sieht einfach schrecklich aus. Sein Anblick lässt sich ja kaum ertragen. Ich kann mir nicht vorstellen, dass er so, wie er aussieht, durchs Leben kommt.«

Es war in den folgenden acht Jahren noch einige Male passiert, dass Anthony die verächtlichen Blicke seines Vaters auf seine Oberlippe zu spüren bekam. Das Einzige, was Anthony in dieser Zeit aufrecht gehalten hatte, war die bedingungslose Liebe und Akzeptanz seiner Mutter. Sie hatte ihn mit in den Gottesdienst genommen und ihn gelehrt, fest an Gottes Plan für sein Leben zu glauben.

Als er schließlich mit einem Master im Fach Jura seine Ausbildung abgeschlossen hatte, war es seine Mutter gewesen, die als Erste aufgesprungen war und ihm applaudierte hatte. Sie hatte immer an ihn geglaubt. Sein Leben würde garantiert gelingen trotz der Zurückweisung, die er durch seinen Vater erfahren hatte.

Diese Erinnerungen waren in Anthony in dem Augenblick, als er mit Amber Hand in Hand den kleinen Jungen Fußball spielen sah, stärker als in den vergangenen zehn Jahren wieder aufgelebt. Der Junge ohne Finger strahlte Selbstbewusstsein aus. Er schien davon überzeugt zu sein, dass er alles schaffen konnte, was er sich in den Kopf setzte, weil er offensichtlich durch die Liebe seiner Familie den nötigen Rückhalt hatte.

Auf dem Heimweg schaute Amber Anthony an und drehte das Radio leiser. »Ich muss immer wieder an den kleinen Fußballspieler in der Abwehr denken. An den mit den fehlenden Fingern an einer Hand.«

»Ich auch.« Anthony umklammerte das Lenkrad und hielt seinen Blick fest geradeaus auf die Straße gerichtet. »Ich habe das Gefühl, dass Gott uns etwas sagen will.«

»Meinst du, er möchte vielleicht, dass wir ein Kind mit einer Behinderung annehmen sollten?«, führte Amber seinen Gedanken weiter.

Diese Frage beschäftigte Anthony sehr. Genau daran hatte er gedacht, obwohl er nicht darüber hatte sprechen wollen. Er hätte Amber nie auf den Gedanken gebracht, wenn sie nicht selbst darauf gekommen wäre. Aber jetzt …

Er lächelte. »Ist das wirklich wahr, dass du auch darüber nachdenkst?«

»Ja.« Sie lachte kurz auf. »Ich möchte die Mutter sein, die auf der Tribüne steht und einem Kind zujubelt, dem sonst niemand zujubelt.« Sie schwieg einen Augenblick lang und fuhr dann fort: »Ich möchte eine Mutter wie deine Mama sein, die dir applaudiert hat.«

An jenem Montag rief Anthony Anwalt Sam Sturgell an. »Wir haben unsere Pläne ein wenig geändert.« Anthony erzählte ihm von dem Fußballspiel und dem Kind ohne Finger. »Deshalb müssen wir uns mit unserem besonderen Adoptionswunsch sicher am besten an eine staatliche Stelle wenden, oder?« Er schaute aus dem Fenster seines Büros. Was für ein Kind würde Gott ihnen zuteilen? Das Abenteuer fing gerade erst an. »Die meisten privaten Vermittlungsstellen wie Sie vermitteln wahrscheinlich nur gesunde Kinder, oder?«

Sam Sturgell kritzelte etwas auf eine Akte, die vor ihm lag. »In den meisten Fällen ja. Aber hin und wieder hat Gott ein Wunder auf Lager. Und das ist ein Grund, warum ein Paar wie Sie seine Meinung ändert und nicht mehr unbedingt ein gesundes Kind haben will.« Sam dachte einen Augenblick lang nach, doch es war ihm nicht bekannt, dass in letzter Zeit ein Kind mit einer Missbildung geboren worden war und vermittelt werden sollte.

»Ich schlage Ihnen Folgendes vor: Rufen Sie eine staatliche Stelle an. In der Zwischenzeit behalte ich Ihre Akte auf meinem Tisch liegen und bete. Wenn das, was Sie mir erzählt haben, der Grund für Ihre neue Entscheidung ist, bin ich mir sicher, dass sich sehr bald etwas für Sie tun wird.«

Nun begannen auch Anthony und Amber an zu beten.

Irgendwo gab es ein Kind, das entweder bereits mit einer Missbildung geboren worden war oder in nächster Zeit geboren werden würde. Sie flehten zu Gott, dass er ihnen das richtige Kind geben möge. Ein Kind, dessen Leben zu dem ihren passte.

Ein paar Tage später wurde Lucy Manning in Hood River in den Kreißsaal gefahren. Von dort rief sie Sam mit fester Stimme an: »Jetzt ist es endlich so weit. Mein Kind gehört dem Ehepaar in Salem. Anschließend kann ich mein Leben weiterführen wie bisher.«

Kurz darauf erhielt Sam einen zweiten Anruf von Lucy. Das Baby war inzwischen geboren, doch Lucy weinte: »Sam … es gibt ein Problem.«

Sam konnte Lucy kaum verstehen. »Ein Problem? Lucy, was ist los? Ich kann in einer viertel Stunde bei dir sein. Was ist passiert?«

»Das Kind. Der Junge ….« Ihre Stimme versagte, und es brauchte eine Weile, bis sie wieder verständlich reden konnte. »Etwas stimmt nicht mit ihm. Seine Oberlippe ist nicht in Ordnung, Sam. Der Arzt sprach von einer Hasenscharte. Ich weiß nicht genau, was das bedeutet. Aber ich bin am Ende, Sam. Bitte … bete für uns.«

Sam taten Lucy und ihr Kind leid. Er dachte an das Ehepaar in Salem und zog ihre Akte aus der Schublade. Dabei fiel sein Blick sofort auf die Notiz in der Akte, die bestätigte, was er bereits wusste: Das Ehepaar wollte nur ein gesundes Kind haben.

Ein Anruf bei den Leuten in Salem klärte die Situation. Unter Tränen bedauerte das Paar, dass es nicht in der Lage sei, den Bedürfnissen eines behinderten Kindes gerecht zu werden. Sie mussten Lucy Mannings kleinen Jungen zurückweisen.

Sam legte den Hörer auf. Da fiel sein Blick auf die Akte von Anthony und Amber Aarons. Sam zuckte zusammen. Natürlich! Die Aarons hatten ihre Meinung erst vor wenigen Tagen geändert. Sie würden nicht nur ein Kind mit einer Behinderung nehmen, nein, sie wünschten sich exakt ein Kind wie das von Lucy.

Mein Gott, du bist gerade dabei, ein Wunder zu tun. Stimmt's? Sam lachte vor Freude und wählte mit zitternden Fingern die Nummer von Amber und Anthony. Dabei fiel ihm etwas ein, woran er bisher noch gar nicht gedacht hatte. Er kannte sich mit Missbildungen aus, und obwohl die Narbe gar nicht mehr auffiel, war ihm plötzlich klar, dass auch Anthony eine Hasenscharte gehabt haben musste.

Beim zweiten Klingelton war Anthony am Apparat. »Hallo?«

»Anthony? Hier ist Sam Sturgell, Ihr Anwalt. Ich glaube, wir stehen vor einem Wunder nach Maß.«

Am anderen Ende der Leitung suchte Anthony seine Frau, aber sie war nicht da. Er trat vors Haus und suchte nach ihrem Wagen. Ach ja, sie war zum Einkaufen gefahren. »Okay, Sam. Um was geht es?«

»Wenn Sie ein Kind mit einer speziellen Behinderung haben könnten, welche würden Sie sich aussuchen?

Das war eine seltsame Frage, aber Anthony zögerte nicht lange mit seiner Antwort. »Ich selbst bin mit einer Hasenscharte geboren worden. Wahrscheinlich wissen Sie das sogar.« Er fasste den Hörer ein wenig fester. »Ich denke, ich würde damit am besten umgehen können.«

Sam konnte die Worte nicht richtig aussprechen, die er sagen wollte, ein Kloß im Hals hinderte ihn am Schlucken. Als er endlich wieder reden konnte, sagte er: »Anthony, Gott hat ein Baby auf die Welt gebracht, das garantiert nur für Sie und Ihre Frau bestimmt ist.«

Seither sind acht Jahre vergangen. Amber und Anthony haben den kleinen Randall James adoptiert. Es waren keine leichten Jahre, nicht zuletzt durch die Operation zur Beseitigung der Hasenscharte und durch die Kommentare zahlreicher Kinder, die wenig bis gar kein Verständnis zeigten. Aber Randy ist ein heller Kopf und der Glaube und die Zuversicht seiner Eltern haben ihn selbstbewusst werden lassen. Am meisten zeigt sich sein Selbstbewusstsein auf dem Fußballfeld, wo Randy zu den Spitzenverteidigern gehört. Und seine Eltern? Sie sind seine besten Cheerleader.

Ein Kind des Himmels

Ben und Beverly Jameson war klar, dass die Adoption eines Kindes ihre gesamten Ersparnisse verschlingen würde. Aber das war ihnen ein Kind wert. Von ganzem Herzen wollten sie eine richtige Familie werden. Alles, was sie bisher unternommen hatten, damit Beverly schwanger wurde, hatte nichts genützt.

Also setzten sie sich mit einer privaten Adoptionsvermittlungsstelle in Verbindung, und dort erfuhren sie, dass sich die Kosten auf etwa 12.000 Dollar belaufen würden. Das war eine gewaltige Geldsumme, die das Ehepaar nicht besaß. Nach allem Hin- und Herüberlegen gab es tatsächlich eine einzige Möglichkeit. Sie setzten sich mit ihrer Bank in Verbindung und nahmen eine zweite Hypothek auf ihr Haus auf.

»Sie gehen damit an Ihre äußersten Grenzen«, warnte der Bankangestellte. »Wenn sich an Ihrem Einkommen etwas ändern sollte, sind wir nicht in der Lage, Ihnen in den nächsten fünf Jahren einen weiteren Kredit einzuräumen.«

Und in der Tat, es sollte sich an ihrem Einkommen etwas ändern. Es sollte weniger werden. Das Ehepaar wohnte außerhalb von Detroit, wo Ben als Leiter eines Supermarkts arbeitete. Beverly arbeitete als Lehramtsanwärterin, doch sobald sie ein Kind bekamen, wollte sie ihre Stelle aufgeben und bei ihrem Kind zu Hause bleiben.

»Mach dir deswegen keine Sorgen«, beruhigte sie Ben. »Wenn es sein muss, übernehme ich noch einen zweiten Job. Ich möchte, dass du bei dem Kind bleibst. Das ist deine Aufgabe.«

Es verging ein halbes Jahr. Eines Nachmittags erhielten sie den ersehnten Anruf. Ein obdachloses Ehepaar hatte das nötige Kleingeld aufgebracht, um die Vermittlungsstelle der Jamesons anzurufen und ihr Kind zur Adoption freizugeben. Diese Familie wurde schnell mit Ben und Beverly in Verbindung gebracht, wonach es nur noch drei Wochen dauerte, bis Ben und Beverly ihren Sohn Eric mit nach Hause nehmen konnten. Ein paar Tage später erfuhren die Jamesons, dass die obdachlose Frau sich nach Erics Geburt einer Sterilisation unterzogen hatte, weshalb Eric also keine leiblichen Geschwister haben würde.

Schnell waren alle Schwierigkeiten, die hinter Ben und Beverly lagen, vergessen. Die jungen Eltern waren überglücklich. Beverly gab ihre Arbeitsstelle auf und wurde Vollzeitmutter. Eric war das Kind ihrer Träume – dunkelhaarig, mit spanischem Einschlag. Der Kleine liebte sie über alles.

Drei Jahre lang genossen sie ihr Familienglück.

Doch eines Morgens, als Beverly Eric aus dem Bettchen hob, bemerkte sie blaue Flecken an seinen Schienbeinen. Sie dachte sich nicht besonders viel dabei, denn Eric war sehr wild. Bestimmt war er irgendwo hingefallen, so wie dieser Wildfang ständig ums Haus raste! Oder er hatte sich beim Toben mit Ben gestoßen.

Allerdings stellte Beverly im Verlauf der Woche weitere Flecken auf Erics Rücken und Schultern fest. In der Nacht bekam ihr Sohn zudem noch sehr hohes Fieber, das zwei Tage anhielt, obwohl sie alles taten, um die Temperatur zu senken. Schließlich brachten sie ihn zu einem Arzt.

Der Arzt machte ein bedenkliches Gesicht, als er die blauen Flecken an Erics Körper sah. »Wir sollten sein Blut untersuchen lassen.«

Nach einer Woche wussten sie genau, was Eric hatte. Er

hatte Leukämie. Besonders schlimm war, dass sein Bluttyp nicht in der Bank für Knochenmarkstransplantationen aufgelistet war. Es gab also nur eine Überlebenschance für Eric: Sie mussten irgendwo irgendjemanden finden, der zu einer Knochenmarkspende bereit war, die mit Erics Knochenmark übereinstimmte. Das war eine Chance von zwanzigtausend zu eins.

Es begann eine schreckliche Wartezeit.

Da die Jamesons bereits viel Geld für medizinische Eingriffe bei Beverly und auch für die Adoption von Eric ausgegeben hatten, verfügten sie nicht über das notwendige Geld, um nach einem geeigneten Spender für Eric zu suchen. Deshalb sprachen sie nach dem Sonntagsgottesdienst mit dem Pastor ihrer Gemeinde und erklärten ihm ihre ausweglose Situation.

»Wir haben weder Geld noch eine echte Überlebenschance für Eric!«, klagte Ben mit Tränen in den Augen. »Selbst wenn wir einen geeigneten Spender finden sollten, könnten wir die Behandlung nicht bezahlen.«

Der Pastor war von ihrer Not zutiefst berührt, weshalb er gemeinsam mit einer Schwestergemeinde eine Spendenaktion organisierte, bei der an einem einzigen Wochenende so viel Geld zusammen kam, dass sie die Knochenmarkstransplantation bezahlen konnten. Aber das grundlegende Problem blieb weiter bestehen: Sie konnten keinen Spender finden, dessen Blutgruppe und Knochenmarktyp mit dem des kleinen Eric übereinstimmten.

Immer wieder träumte Beverly von Möglichkeiten, wie sie ihrem kranken Sohn helfen könne. Sie wollte die obdachlose Frau suchen, die Eric geboren hatte, und sie fragen, ob sie bereits vor Eric andere Kinder gehabt hatte, denn bei Geschwistern bestand eine fünfzigprozentige Chance der Übereinstimmung. Diese Chance war so groß, dass Beverly sich mit allen Mitteln auf die Suche machte.

Die Tatsache, dass sowohl die Sozialarbeiterin als auch der Vermittler von Anfang an gesagt hatten, dass Eric keine weiteren Geschwister habe und auch keine bekommen könne, stand jedoch weiterhin im Raum. So verging ein weiterer Monat, in dem Erics Zustand sich zu stabilisieren schien. Sein Arzt bestätigte, dass es ihm zwar offensichtlich besser ginge, gab allerdings zu bedenken, dass die Erholung nur vorübergehend sein könne.

Er meinte: »Es kommt häufig vor, dass bei einem Kind mit Leukämie die Krankheit nach einer solchen Erholung aggressiver zuschlägt als zuvor.«

Ben und Beverly hörten nicht auf zu beten, und einige Wochen später erhielten die verzweifelten Eltern einen Anruf, der alles auf den Kopf stellte. Obwohl sich die leibliche Mutter von Eric nach dessen Geburt hatte sterilisieren lassen, hatte die Frau ein Jahr später einem kleinen Mädchen das Leben geschenkt.

»Zuerst wollte die Mutter das kleine Mädchen unbedingt behalten«, berichtete der Vermittler der Adoptionsstelle ganz aufgeregt. Seine Worte sprudelten nur so aus ihm heraus. »Aber der Vater des Kindes ist drogenabhängig und arbeitslos, weshalb die Familie seit der Geburt des Babys weiterhin auf der Straße gelebt hat. Das kleine Mädchen ist jetzt zwei Jahre alt, und mittlerweile ist sich die Frau ziemlich sicher, dass sie das Kind zur Adoption freigeben will. Aber für sie gibt es nur eine Familie, in die sie ihre Tochter geben möchte – zu Ihnen und Ben. Die Geschwister sind durch und durch blutsverwandt. Bitte geben Sie uns in der kommenden Woche Bescheid, ob Sie das Schwesterchen Ihres Sohnes adoptieren wollen.«

Beverly rief umgehend ihren Mann an. Sie begannen sofort, an allen Fronten zu beten. Zuerst war es wichtig, dass die Frau, falls es Gottes Wille war, ihre Tochter wirklich abgab. Das Leben auf der Straße war kein gutes Umfeld für ein Kleinkind. Zweitens war es für Eric entscheidend, dass das Blut seiner Schwester mit seinem übereinstimmte.

»Es scheint mir fast zu viel, was wir von Gott verlangen«, flüsterte Beverly in jener Nacht ihrem Mann zu.

»Aber wir haben einen großen Gott! Einen Gott, der mit Freuden das Unmögliche möglich macht.« Liebevoll nahm Ben seine Frau in den Arm. »Denk immer daran, Schatz! Okay?«

Die nächsten Tage überlebten sie allein nur durch ihren unerschütterlichen Glauben. Eric ging es zum Glück nicht schlechter, aber er war sehr blass und dünner, als er sein sollte. Mit jedem Tag wurde es offensichtlicher, dass möglichst bald eine Knochenmarksübertragung stattfinden müsse.

Während sie warteten, beteten der Pastor und die Schwestergemeinde, die das Geld zusammengetragen hatte, rund um die Uhr für die junge Familie, bis endlich eine gute Nachricht eintraf: Die Frau von der Straße hatte sich entschlossen, das kleine Mädchen abzugeben. Ben und Beverly freuten sich, dass sie eine Tochter geschenkt bekamen. Und als sie sich bei ihrem Vermittler trafen, um die Kleine abzuholen, waren Ben und Beverly fast erschrocken, wie sehr Eric und sein Schwesterchen sich glichen.

Das kleine Mädchen hieß Corinna und so wurde es auch weiterhin genannt. Das half ihm beim Einleben. Nach einer Woche ließen sie die Kleine untersuchen und holten die fehlenden Impfungen nach. Bei dieser Gelegenheit entnahm der Arzt auch eine Blutprobe und ließ überprüfen, ob das Schwesterchen als Spenderin infrage kam.

Von da an war Beverly überzeugt, dass hier ein Wunder geschah. Dafür gab es zwei Gründe. Erstens war plötzlich die kleine Schwester aufgetaucht, die es eigentlich gar nicht geben sollte. Und wenn, zweitens, Geschwister sich so sehr ähnlich sehen, musste doch mit ziemlicher Sicherheit auch ihr Knochenmark übereinstimmen. Als dann die Bestätigung ihrer Annahme durch den Arzt eintraf, war Beverly nicht einmal sonderlich überrascht.

Erics kleine Wunderschwester war tatsächlich eine geeignete Spenderin.

Da eine solche Operation für ein Kleinkind kein Risiko

darstellt, wurde für diesen Eingriff alles vorbereitet, und bereits einen Monat später konnte das Knochenmark übertragen werden. Das Wunder, das mit Corinnas überraschendem Leben begann, setzte sich im Leben ihres Bruders fort. Ben und Beverly sind jeden Tag für die erhörten Gebete dankbar, die ihre dunkelsten Nächte in einen strahlenden Morgen verwandelten.

Das Geschenk der Vergebung

Penny Hathaway hatte als Teenager große Träume.

Sie wollte erst einmal reisen, vielleicht ein Jahr lang bei ihrer Tante, einer Schauspielerin, in Chicago bleiben und ein Jahr bei einer befreundeten Familie in New York City wohnen, bevor sie in Los Angeles an der Universität von Südkalifornien mit einer Schauspielausbildung begann.

Penny war das Leben in ihrem christlichen Umfeld rundum leid. Immer der gleiche Trott, und dazu war absolut tote Hose in Camp Verde, der kleinen Stadt in Arizona, in der sie aufwuchs. Freitags Football, samstags Chor, sonntags Gottesdienst und immer schön brav alles nehmen, wie es kommt. Ihr Leben war so öde, so hoffnungslos vorhersehbar, dass Penny den Eindruck hatte, sie müsse ersticken, wenn sie dort nicht bald rauskam.

»Das Mädchen macht einfach, was es will!«, stellte ihr Vater in Pennys letztem Jahr an der Highschool besorgt fest. »Es ist schon zweierlei, ob man einen Universitätsabschluss anstrebt oder eine künstlerische Laufbahn einschlägt. Und was das Ganze noch schlimmer macht, Penny hat so etwas Ungezähmtes, Wildes in ihrem Blick, dass mir manchmal angst und bange wird.«

Pennys Mutter musste ihm beipflichten. Seitdem sie zur Highschool ging, hatte sich der Umgang ihrer Tochter beständig negativ entwickelt, und sie fühlte sich absolut zu den falschen Jungs hingezogen. Falls sie mit ihrer augenblicklichen Einstellung das Elternhaus verließ, war sie wirklich gefährdet.

In ihrem letzten Jahr an der Highschool arbeitete Penny in einem Restaurant als Kellnerin und sparte eifrig für ihre Reisen. Bevor sie jedoch endgültig auszog, setzten sich die besorgten Eltern noch einmal mit Penny zusammen und sprachen mit der Tochter über ihre Bedenken.

»Gott hat auch für dein Leben einen Plan, Penny. Bitte frag ihn danach, ja?«

Penny verkniff es sich, ihre Augen zu verdrehen. Ihre Eltern waren so was von out! Total verstaubt und spießig! Schließlich gehört es zu einem Künstlerleben dazu, dass man sein Temperament auslebt und auch mal was riskiert. Oder etwa nicht? So stand es jedenfalls in den Kunstbüchern, die sie massenweise verschlungen hatte. Der Glaube ihrer Eltern engte sie ein, er tötete jedes Fünkchen Lebenslust und Kreativität in ihr.

Anstatt jedoch offen mit ihren Eltern zu reden, nickte Penny nur, lächelte brav und antwortete: »Ich werde nach einer guten Gemeinde Ausschau halten, sobald ich in Chicago Fuß fasse.«

Die ersten Wochen in Chicago waren genau das, wovon Penny geträumt hatte. Sie fand einen Job in einem der edlen Steakrestaurants der Stadt und freundete sich mit ihrer Tante an. Diese aber führte einen lockeren Lebensstil und war die meiste Zeit nicht zu Hause.

Sie ließ Penny jede Freiheit und meinte nur: »Wenn du dich vergnügst, pass gut auf dich auf und lass dich nicht verführen! Deine Mutter würde es mir nie verzeihen, wenn dir hier etwas zustoßen sollte.« Doch gleich darauf milderte sie ihre Prophezeiung mit einer lässigen Handbewegung und fuhr fort: »Aber ich war ja auch mal jung. Ich weiß, wie es ist, wenn man sich endlich von den Vorschriften der Eltern frei fühlt. Du musst nur gut auf dich aufpassen.«

Das war genau Pennys Meinung. In ihrer zweiten Woche

in Chicago begegnete ihr ein junger, cooler Typ. Er arbeitete ebenfalls als Kellner in demselben Restaurant wie sie. Er hatte eine Rolle in einer großen Produktion in einem der vielen Theater in der Innenstadt. Er hieß Adrian, sah gut aus und hatte Talent. Penny verliebte sich Hals über Kopf in ihn.

Sie gingen hin und wieder am See spazieren und vergnügten sich in den Geschäftspassagen. Er lud sie zu einer seiner Aufführungen ein, zeigte ihr anschließend die Bühne und machte sie mit den übrigen Schauspielern bekannt. Penny konnte ihr Glück nicht fassen. Wie schnell war sie mit der Welt der Musicals in Kontakt gekommen, und wie großartig hatte sich ihr Leben verändert, seit sie auf eigenen Füßen stand.

Nach der Theatervorstellung nahm Adrian sie mit zu sich nach Hause. Zum ersten Mal im Leben trank sie Champagner und anschließend hätte sie die ganze Welt umarmen können. Ein wunderbarer Mann interessierte sich für sie. Und, wer weiß, aus seinem Interesse konnte schon sehr bald ihre große Liebe werden. Alles war möglich!

Sollte Adrian an diesem Abend mit ihr schlafen wollen, so war sie von ganzem Herzen dazu bereit. Und warum auch eigentlich nicht? Gehörte das jetzt nicht auch zu ihrem neuen Leben dazu? Grenzenlose Leidenschaft ohne schlechtes Gewissen? Das war genau die Leidenschaft, die ihre Kreativität anfeuern konnte und ihrem schauspielerischen Talent nur förderlich war.

In den folgenden beiden Monaten lebte sie mit Adrian ihre Vorstellungen aus, bis ihre Tante sie eines Tages zur Seite nahm.

»Adrian scheint ein sehr netter junger Mann zu sein«, meinte sie anerkennend.

Penny strahlte. »Er ist faszinierend. Er übertrifft alle meine Träume, die ich in Arizona je gehegt habe.«

»Die letzten Nächte bist du häufig nicht nach Hause gekommen.« Sie machte eine Pause und zuckte leicht mit den Schultern. »Ich hoffe nur, du passt gut auf dich auf.«

Penny versicherte ihrer Tante, dass sie es nicht zu wild treibe. Dass sie wisse, was sie tue und lasse, wenn es um sie und Adrian ginge. Aber tief im Innern spürte sie Panik aufsteigen. Ihre Periode war bereits drei Wochen überfällig und Adrian rief sie auch nicht mehr wie früher täglich an. Außerdem hatte auf der Arbeit eine der Kellnerinnen erzählt, dass sie ihn mit einem Mädchen vom Theater gesehen habe, mit der er Händchen haltend auf der Promenade spazieren gegangen sei.

Als sie das nächste Mal im Restaurant zusammenarbeiteten, zog Penny ihren Adrian zur Seite und fragte ihn graderaus: »Triffst du dich außerdem mit einer anderen?«

Zunächst schien Adrian überrascht, meinte aber sofort leicht amüsiert: »Du wirst mir doch hoffentlich nicht spießig werden, du kleine Landpomeranze?«

Penny presste ihre Lippen zusammen. Sie wusste nicht, was sie darauf sagen sollte. »Es hat gar nichts damit zu tun, woher man kommt. Wenn man aber … wenn man wie wir zusammen ist, heißt das, dass es daneben niemand sonst geben darf.« Nun war es heraus, was sie sagen wollte.

Adrian schüttelte erhaben den Kopf und legte seine schlanken Hände um ihr Gesicht. »Süße Penny, du redest wie eine Kirchenmaus. In meiner Welt erobert einer den anderen. Manchmal eine nach der anderen. Manchmal mehrere gleichzeitig. Wohin der Geist mich gerade führt.«

Penny ging früher nach Hause als sonst, fuhr direkt zum Haus ihrer Tante und legte sich aufs Bett. Sie war vollkommen aufgewühlt. Was hatte Adrian gesagt? Es machte ihm Spaß, andere zu erobern? Er lebte sein Leben so, wie der Geist ihn gerade führte?

Sie schaute aus dem Fenster. Wenn Adrian sich von einem Geist leiten ließ, was war das für ein Geist? Der einzig gute und wahrhaftige Geist war der, den ihre Eltern anbeteten – der Heilige Geist. Bestimmt fand Gott es nicht gut, dass sie mit Adrian Verkehr hatte – vor der Hochzeit.

Und wieso hatte sie immer noch keine Periode?

Die Fragen ließen Penny in der Nacht kaum schlafen. Am nächsten Tag musste sie erst später zur Arbeit, also fuhr sie morgens gleich in einen Drogeriemarkt und kaufte sich einen Schwangerschaftstest. In weniger als zehn Minuten hatte sich zumindest eine der anstehenden Fragen geklärt: Sie war schwanger!

Wovor die Eltern und sogar die Tante sie gewarnt hatten, war passiert. Sie hatte den Glauben und die Moral der Eltern in den Wind geschlagen. Jetzt wurde es eng. Sie steckte in ungeahnten Schwierigkeiten.

Nach der Arbeit erzählte sie abends Adrian die Neuigkeit.

»Was hast du gesagt?« Sein Lächeln erstarb und auf seiner Stirn bildete sich eine tiefe Falte zwischen den Brauen. »Ich dachte, du verhütest?«

»Nein. Wieso?« Penny stockte der Atem. »Ich ... ich wollte doch gar nicht ... Ich wollte so weit doch noch gar nicht gehen!«

Adrians Gesichtszüge entspannten sich. »Nun schön, mein Kleines. Ich bin sicher, du wirst dir etwas einfallen lassen.«

Das war das letzte Mal, dass Adrian sich mit Penny sehen ließ. Wann immer sie hier und da versucht hatte, mit ihm zu reden, hatte er etwas Wichtigeres zu tun, entschuldigte sich, dass er keine Zeit für sie habe und nicht, wie früher, mit ihr etwas unternehmen könne.

Als sie in der zehnten Woche schwanger war, erzählte sie endlich ihrer Tante, was geschehen war.

»Vielleicht hatten meine Eltern am Ende doch Recht.« Penny wischte sich die Tränen ab. Ihr ganzes Leben lag vor ihr wie ein einziger Scherbenhaufen.

»Es ist nie zu spät, sein Leben zu ändern, Penny«, tröstete die Tante sie und legte ihren Arm um ihre Nichte. »Komm, wir überlegen einmal, wie wir dein Leben wieder in die richtige Richtung bringen können.«

Einiges war Penny klar. Erstens: Ihre Eltern durften

nichts von der Schwangerschaft erfahren. Zweitens: Sie konnte das Kind nicht behalten, denn sie fühlte sich für die Mutterrolle noch nicht reif. Auch wenn sie nie mehr wild drauflosleben wollte, die Verantwortung für ein Kind konnte sie nicht übernehmen. Und außerdem wollte sie erst nach New York und anschließend in Los Angeles studieren.

Aber sie konnte das Kind auch nicht abtreiben. Sie wollte sich ändern und mit ihrem Leben verantwortungsvoller umgehen.

Penny arbeitete bis zum siebten Schwangerschaftsmonat und ließ sich dann beurlauben. Während der freien Wochen bis zur Geburt setzte sie sich mit einer Adoptionsvermittlungsstelle in Verbindung, um zu klären, wie es mit ihrem Kind weitergehen konnte.

»Dann ist für Sie eine sogenannte ›geschlossene‹ Adoption das Beste«, sagte der Berater. »Das heißt, vor dem achtzehnten Lebensjahr des Kindes können Sie keinen Kontakt zu ihm aufnehmen. Nur falls er oder sie nach seinem achtzehnten Lebensjahr in die Akte Einblick nehmen will, besteht eine Möglichkeit zur Kontaktaufnahme.«

Penny stimmte diesen Bedingungen zu. Zwei Monate später gebar sie einen gesunden Jungen. Nur fünfzehn Minuten lang hielt sie ihn in ihren Armen. Sie betrachtete ihn eingehend und war fast erschrocken über sein ungewöhnlich schönes Gesicht mit dem vollen, dunklen Haar.

Er wird bestimmt auch Schauspieler, stellte sie sich vor. *Gut aussehend und groß wie sein Vater. Sensibel und neugierig wie ich.*

Kaum hatte sie dies gedacht, kam auch schon die Sozialarbeiterin zu ihr ins Zimmer und erklärte ihr, dass die Adoptiveltern unten in der Empfangshalle warteten.

»Es ist alles in Ordnung.« Damit nahm die Frau ihr das Baby ab und nickte ihr aufmunternd zu. »Es ist ein sehr nettes Ehepaar. Ihr Kind wird es gut bei ihm haben.«

In dem Moment, in dem die Tür hinter der Sozialarbeiterin ins Schloss fiel, durchfuhr Penny ein schrecklicher Gedanke. Sie hatte sich von ihrem Sohn nicht verabschiedet. Sie hatte ihn im Arm gehalten, ihn bewundert und war in den wenigen Minuten, in denen sie zusammen gewesen waren, sehr stolz auf ihn gewesen. Aber sie hatte sich nicht von ihm verabschiedet. Und irgendwie begann in diesem Augenblick das winzige Samenkorn »Schuld« in ihr zu keimen. Was würde ihr Sohn empfinden, wenn er alt genug war, sich vorzustellen, was sie ihm angetan hatte? Sie hatte sich für ein Abenteuer und fürs College entschieden, anstatt ihrem Kind eine Mutter zu sein.

Während sich dieser Gedanke bei ihr festsetzte, wusste sie zugleich, dass er nicht richtig war. Sie hatte das Beste getan, was eine Mutter in ihrer Situation tun konnte. Ein Kind zur Adoption freizugeben war viel schwerer, als sie sich das je hätte vorstellen können. Aber in ihrer Situation war es das einzig Richtige. Das war keine Frage.

Und doch registrierte Penny im Laufe der Jahre die Geburtstage ihres Sohnes genau und dachte zu jedem Weihnachtsfest an ihn. Sie stellte sich vor, wie er sich von Jahr zu Jahr veränderte, fragte sich, welche Interessen er habe und ob er etwas von ihr ahne.

Nach sechs Jahren machte sie ihr Examen an der Universität von Kalifornien und kehrte unbelastet zu ihren Eltern zurück. Erst jetzt erzählte sie ihnen von dem Baby, das sie abgegeben hatte. Ihre Mutter war zunächst erschüttert, das konnte Penny nicht übersehen. Doch sie stimmte mit ihrer Tochter überein, dass die Adoption unter den gegebenen Umständen das Beste gewesen war.

Penny hätte ihrer Mutter manchmal an kalten Herbstabenden oder in warmen Sommernächten gern erzählt, dass sie immer wieder an den Jungen denken musste, sich fragte, wie er wohl aussah. Ob er, wie sie es sich vorgestellt hatte, Schauspieler oder Sänger geworden war? Aber sie sprach nicht mit ihr darüber. Und sie erzählte ihrer Mutter auch nicht, dass ihre Schuldgefühle immer größer wurden.

Die Jahre vergingen. Penny wurde Mitglied einer Gemeinde in Los Angeles, sie wuchs im Glauben und war sich sicher, dass Gott ihr ihre Schuld vergeben hatte. Schließlich lernte sie einen liebenswerten Geschäftsmann kennen, der wie sie Gott und die schönen Künste liebte. Sie heirateten und führten ein glückliches gemeinsames Leben. Nachts allerdings wurden die Stimmen in ihr wieder laut. Wie hatte sie nur ihr Kind abgeben können? Warum hatte sie ihre Karriere über ihr Kind gestellt? Wo war ihr Sohn jetzt? Ob er sie wohl verachtete?

Als sie ihr erstes gemeinsames Kind durch eine Fehlgeburt verlor, brachen bei Penny alle Dämme. Sie weinte tagelang und stellte sich dabei immer wieder die Frage, ob Gott sie damit strafen wollte, weil sie ihren Erstgeborenen weggegeben hatte. Es half auch nicht, dass der Pfarrer ihrer Gemeinde ihr bestätigte, dass eine Adoption bestimmt die beste Möglichkeit gewesen sei, die sie damals hatte wählen können. Sie fühlte sich immer wieder als eine grausame Mutter. Das hörte auch nicht auf, als sie bereits drei weitere Kinder geboren hatte. Siebzehn Jahre waren inzwischen vergangen, und sie war sich sicher, dass es für sie nur eine Möglichkeit gab, ihren Frieden zu finden:

Sie musste von ihrem Sohn selbst hören, dass ihm die Adoption nicht geschadet hatte. Dass es ihm in seinem Zuhause, in das er gebracht worden war, gut ging. Penny versuchte, Einsicht in seine Adoptionsakte zu bekommen und in Erfahrung zu bringen, ob es möglich war, seine Adoptiveltern ausfindig zu machen. Aber der Berater hatte sie ganz richtig informiert. Die Akte war absolut vertraulich.

»Sie können Ihrem Sohn höchstens einen Brief schreiben, den ich in seine Akte legen kann«, versprach ihr ein Beamter der staatlichen Behörde. »Sollte der junge Mann eines Tages selbst Einsicht in seine Akte nehmen, erfährt er Ihre Gedanken und sogar Ihre Adresse, falls Sie möchten, dass er sie weiß.«

Das war Pennys einzige Chance.

Am kommenden Wochenende fuhr sie mit ihrer Gemeinde auf eine Freizeit. Ein Tag davon war als ein Tag der Besinnung eingeplant worden, an dem man allein am Seeufer entlangwandern konnte, seinen Gedanken über Gott nachhängen und sich fragen konnte, wo man auf seinem Glaubensweg angelangt war.

Penny hatte jedoch keine Lust, spazieren zu gehen oder nachzudenken. Sie hockte an ihrem Schreibtisch im Hotel und schrieb – mit dem Blick aufs Meer – den Brief an ihren Sohn. Zunächst berichtete sie von der Situation, die zu ihrer Schwangerschaft geführt hatte. Über ihre Pläne, die sie damals verfolgte, und ihre Unfähigkeit, zu dem damaligen Zeitpunkt Mutter zu sein. Zum Abschluss erklärte sie, dass sie seither ihre Entscheidung immer stärker bedaure.

»Bitte, verachte mich nicht. Ich habe getan, was ich damals als das Beste für dich erkannte. Glaube mir, ich finde keinen Frieden, bis ich etwas von dir gehört habe. Bis ich weiß, dass du meine Entschuldigung gelesen hast.«

Penny schickte den Brief ab und betete, dass er eines Tages ihr Kind erreichen würde.

Ihr Sohn wurde achtzehn, dann neunzehn Jahre alt. Sie hörte nichts von ihm.

Bitte, lieber Gott, betete Penny jeden Abend, *mache ihn auf mich neugierig. Lass ihn zu seiner Akte fahren, Herr, damit er erfährt, was ich für ihn empfinde. Und dann, bitte … bring ihn dahin, dass er mir schreibt, damit auch ich weiß, wie es ihm geht.*

Penny hoffte, dass das Schweigen ihres Sohnes ein gutes Zeichen war. Sie hoffte, dass er ein sehr gutes Leben hatte und dass seine Adoptiveltern ihn liebten. Sollte das der Fall sein, würde er sie auch eines Tages anschreiben. Doch bis dahin sorgte sie sich weiter, grübelte und war nicht in der Lage, zur Ruhe zu kommen.

Drei Wochen nach dem zwanzigsten Geburtstag ihres Sohnes erhielt Penny einen handschriftlichen Brief. In der Adresse auf der Rückseite stand ein ihr unbekannter Name:

Jeremy Bennett. Pennys Herz begann schneller zu schlagen. Konnte das vielleicht ihr Sohn sein, für den sie seit vielen Jahren betete und an den sie immerzu denken musste?

Sie riss den Briefumschlag auf. Unter ihren Tränen konnte sie nur schwer die Schrift lesen:

Liebe Penny,

ich bin Jeremy Bennett, der Sohn, den Sie vor zwanzig Jahren zur Adoption freigegeben haben. Nach meinem letzten Geburtstag wollte ich die Gerichtsakte lesen und erfahren, was ich über Sie herausfinden konnte. Meine Eltern unterstützten mich gern dabei. Bei der Gelegenheit fand ich Ihren Brief. Beim Lesen merkte ich, dass ich Ihnen zurückschreiben musste.

Wie Sie sehen, Penny, habe ich ein wunderbares Leben gehabt. Meine Eltern sind liebenswerte Christen, die mich gelehrt haben, an Gott zu glauben, hart zu arbeiten und eine Familie zu schätzen. Ich studiere Medizin und möchte Arzt für Allgemeinmedizin werden.

Ich stelle mir vor, wie jung Sie damals waren und noch nicht wussten, was Sie vom Leben erwarten konnten. Wenn Sie mich behalten hätten, wäre mein Leben völlig anders verlaufen. Möglicherweise hätte ich keine Geschwister gehabt, die hier zu meinem Leben gehören. Vielleicht hätte ich auch Gott nicht kennengelernt. Und ob ich die Chance bekommen hätte, Arzt zu werden?

Ich schreibe das, weil ich möchte, dass Sie Ruhe finden und weil ich Ihnen danken möchte. Dass Sie mich zur Adoption an die Familie Bennett freigegeben haben, war das Liebenswerteste, was Sie für mich tun konnten. Ich würde Sie gern eines Tages persönlich kennenlernen, um Ihnen zu danken. Machen Sie sich von heute an keine Minute mehr Sorgen, dass Sie eine falsche Entscheidung getroffen haben könnten. Ich werde Ihnen immer dankbar bleiben.

In Jesu Liebe
Jeremy Bennett

Penny zitterten die Hände, als sie den Brief auf ihren Schoß sinken ließ. Sie schloss die Augen und hob ihr Gesicht zum Himmel. In diesem Moment wurde ihr bewusst: »Der Boden, auf dem ich stehe, ist heiliges Land!« Gott hatte ein Wunder getan. Er hatte ihr die Zusicherung gegeben, nach der sie zwei Jahrzehnte lang gesucht hatte.

Einen Monat darauf traf sie Jeremy persönlich. Sie sah es seinen Augen an, dass alles, was er geschrieben hatte, der Wahrheit entsprach. Die Adoption war für ihn das größte Geschenk gewesen, das seine leibliche Mutter ihm hatte machen können. Jetzt gab er ihr ein Geschenk zurück.

»Es ist ein Wunder, Penny, dass wir uns nach so vielen Jahren wiedersehen«, sagte Jeremy von weitem und strahlte über sein ganzes Gesicht.

Penny konnte nur zustimmend nicken, so bewegt war sie. Sie dachte über das Wunder nach, das Gott sie in diesem Moment erleben ließ: Er hatte ihre lebenslangen Schuldgefühle und Zweifel durch einen inneren Frieden ersetzt, der sie nicht mehr verlassen sollte.

Und Gott schenkte ihr noch etwas.

Er schenkte ihr eine Stunde mit ihrem Sohn, der ihr Komplimente machte. Eine Stunde mit dem Medizinstudenten, der eine geradezu unglaubliche Liebe zur Kunst besaß.

Wunder über Wunder

Bereits im zweiten Jahr an der Highschool wusste Vince Anderson genau, wie sein Leben mit seiner Freundin Sharon später einmal aussehen würde: »Ich werde dich eines Tages heiraten, Sharon, und dann werden wir sechs Kinder bekommen.«

Sharon kicherte und war ganz gerührt, dass Vince sich so sicher war. Sie kannten sich seit der Grundschule und Sharon zweifelte nicht an Vinces Absicht.

»Sechs Kinder sind in Ordnung«, lachte sie. »Drei Mädchen und drei Jungen.«

Die nächsten Jahre auf der Highschool wurden hinsichtlich ihrer Beziehung für Vince und Sharon nicht leicht. So jung wie sie waren, wollte keiner von beiden eine feste Bindung eingehen, also verabredete sich Sharon von Zeit zu Zeit mit einem älteren Schulkameraden zum Tanzen oder zu einem Kinobesuch. Vince fühlte sich dann jedes Mal wie verraten und verkauft. Im Gegenzug dazu musste Sharon mit ansehen, wie Vince immer mal wieder mit einem anderen Mädel im Arm den Speisesaal der Cafeteria betrat.

Endlich hatten sie ihr letztes Schuljahr erreicht und das größte Ereignis des Jahres stand bevor – die Abschlussfeier von der Highschool. Damals, als sie noch jünger gewesen waren, hatten sie vorgehabt, auf jeden Fall gemeinsam zum Abschlussball zu gehen. Vor einem Monat hatte Vince allerdings angefangen, mit einer Brünetten aus seinem Mathekurs zu flirten. Als diese ihn dann zum Abschlussball einlud, hatte er nicht Nein sagen können.

Zur gleichen Zeit wurde Sharon von einem Schlagzeuger aus der Schulband umschwärmt. In dem Moment, als sie von Vinces Verabredung mit der Brünetten aus seinem Mathekurs erfuhr, sagte sie dem Schlagzeuger, dass sie noch keinen Partner für das Abschlussfest habe.

»Dann komm doch mit mir«, war darauf seine einfache Antwort.

Und damit war der Fall erledigt.

Endlich war der große Tag da. Sharon und Vince hatten jedoch bis dahin nicht mehr miteinander gesprochen. Sie taten so, als sei keiner von ihnen durch die Wahl des anderen verletzt. Und vor allem wollte keiner von ihnen den ersten Schritt auf den anderen zutun, geschweige denn mit ihm tanzen.

Im Verlauf des Abends ergab es sich einmal, dass beide mit ihren Partnern gleichzeitig auf der Tanzfläche waren und sich dabei kurz ihre Blicke trafen. Sharon guckte als Erste zur Seite, denn sie ärgerte sich, dass sie sich wegen Vince innerlich so sehr aufregte. Auch Vince schaute schnell weg. Er war entschlossen, Sharon für den Rest des Abends zu meiden.

Wieder schlich eine Stunde dahin. Schließlich verschwand Sharon auf der Toilette, doch zuvor hatte sie sichergestellt, dass Vince bei seiner Begleiterin stand, damit er ihr nicht in der Empfangshalle begegnen konnte. Ihrem Schlagzeuger hatte sie erklärt, sie sei gleich wieder da. Zehn Minuten später, als sie aus dem Waschraum trat, kam Vince direkt auf sie zu und nahm ihre beiden Hände in seine.

»Warum tun wir uns das eigentlich gegenseitig an?«, flüsterte er. »Ich kann an nichts und niemanden denken als an dich.«

Sharon spürte, dass sie weinen musste. Sagen konnte sie

zunächst nichts. Schließlich fragte sie vorsichtig: »Können wir irgendwo hingehen?«

»Nach draußen.« Er schaute sich noch einmal um. Seine Begleiterin unterhielt sich gerade mit ihren Freundinnen. »Die vermissen uns nicht.«

Also stahlen Vince und Sharon sich durch die Seitentür hinaus und setzten sich nebeneinander auf den Rasen. »Bald sind wir mit der Highschool fertig. Wir haben unser Examen.«

»Ja. Ein Glück!«, bestätigte Sharon. Sie zitterte leicht und rückte ein wenig näher an Vince heran. »Manchmal frage ich mich, ob wir uns jemals wiedersehen werden.«

»Das glaube ich.« Vince schaute doch bis auf den Grund ihrer Seele. »Und weißt du, warum?«

Sharon spürte ein Lächeln auf ihren Lippen. Ihr Herz beruhigte sich mit jeder Sekunde ein wenig mehr. »Und warum?«

»Weil … erinnerst du dich noch?« Er beugte sich vor und küsste sie auf den Mund. »Ich werde dich eines Tages heiraten und wir werden miteinander sechs Kinder haben.«

Sie kicherte wie damals, und ihr Herz machte einen Sprung, als er nach ihrer Hand griff.

»Und was ist mit unseren Tanzpartnern?«, fragte sie.

»Denen geht es gut.« Er hielt ihrem Blick stand. »Aber tu mir bitte einen Gefallen, Sharon.«

Sie merkte, dass sie wieder normal atmete und wusste auch warum. Sie war dort, wo sie hingehörte. »Und welchen?«

»Lass uns das nie wieder tun, okay?«

Und Sharon hielt Wort. Sie und Vince verließen gemeinsam den Abschlussball und schauten sich von da an nach keinem anderen mehr um. Auch nicht, während sie am College studierten, und auch nicht, nachdem sie geheiratet hatten.

Nur, als sie bereits fünf Jahre verheiratet waren, kamen ihnen noch einmal Zweifel, ob ihre Wahl die richtige gewesen war, denn trotz ihrer lang gehegten Pläne konnten sie keine Kinder bekommen.

»Wir haben für Sie getan, was wir tun konnten«, gestand der Arzt ihnen an einem frostigen Januarmorgen. »Haben Sie schon einmal an eine Adoption gedacht?«

Nein, daran hatten Sharon und Vince bisher noch nie gedacht. Vielmehr verfolgten sie immer noch den Plan, den sie im zweiten Jahr auf der Highschool geschmiedet hatten, nämlich dass sie miteinander sechs Kinder haben wollten. Tief enttäuscht gingen sie nach Hause und an diesem Abend ging Vince mit Sharon nach draußen in ihren Garten.

»Erinnerst du dich noch an den Abschlussball an der Highschool?«, fragte Vince leise und legte seinen Arm um ihre Schultern.

»Ja, sicher. Unsere armen Tanzpartner.«

»Aber denk doch einmal darüber nach. Nur Gott kann uns zu einer Zeit wie der damals zusammengeführt haben. Ich habe viel dafür gebetet, und als mein Gebet dann in Erfüllung ging, hatte ich das Gefühl, dass Gott mir das größte Geschenk dieser Welt machte.«

Sie wandte ihm ihr Gesicht zu und ließ ihre Ängste von der kalten Winterluft hinwegfegen. »Ja, das war ganz erstaunlich. Das stimmt.«

Er suchte ihre Augen. »Und genau so empfinde ich heute immer noch. Du bist für mich Gottes größtes Geschenk. Wir müssen einfach glauben, dass Gott einen Plan für uns hat. Er hat uns bis hierher gebracht und wird uns auch weiter führen.«

An jenem Abend beteten Vince und Sharon um ein Wunder. Gott möge ihr Haus mit Kindern füllen. Aber wie? Das überließen sie ihm. In den nächsten Wochen gingen viele Gespräche hin und her. Schließlich riefen sie bei einer internationalen Adoptionsagentur an. Eine kurze Information über Kinder, die im Augenblick zur Adoption zur Verfügung standen, überzeugte sie und machte ihnen Mut zum nächsten Schritt.

Sie wollten ein kleines Mädchen aus China adoptieren, denn dort wurden Jungen bevorzugt und Mädchen oftmals abgetrieben, weil sie »nur« Mädchen waren.

Das Verfahren war lang und mühsam, doch das schweißte Sharon und Vince nur umso enger zusammen. Schließlich wurde ihnen ein Kind vorgeschlagen, ein vierjähriges Mädchen. Es hieß Mai Lan. Sharon und Vince flogen nach China und besuchten Mai Lan in ihrem Kinderheim. Sie verliebten sich sofort in die Kleine. Sie hatte große braune Augen und lächelte sie an, obwohl sie sehr schüchtern war.

»Wir haben da noch eine Frage«, meinte Vince an den Direktor des Waisenhauses gewandt. »Wir möchten gerne noch mehr Kinder haben. Hat Mai Lan vielleicht Geschwister?«

Der Direktor schüttelte den Kopf. »Ihre Brüder sind nicht zur Adoption freigegeben. Mai Lan ist das einzige Mädchen der Familie. Es tut mir leid.« Mit einer richtungsweisenden Handbewegung zeigte er auf einen Raum, in dem viele Kinder spielten. »Wenn Sie interessiert sind – wir haben noch andere Kinder.«

Sharon und Vince waren interessiert, aber sie beschlossen, zunächst nur Mai Lan zu adoptieren. Wieder zu Hause in Chicago angekommen, gaben sie dem kleinen Mädchen den Spitznamen Molly. Ein Geschwisterkind wäre natürlich wunderbar gewesen, besonders ein zweites kleines Mädchen. Aber da Molly keine Schwestern hatte, musste es auch nicht unbedingt sein.

In den folgenden beiden Jahren genossen Sharon und Vince jeden Moment mit ihrer Tochter. Sie war sehr aufgeweckt und konnte bereits kurz nach ihrem fünften Geburtstag lesen. Erstaunlicherweise sprach sie immer wieder von Mai Lin, von einem Mädchen, das Sharon und Vince nicht kannten.

»Ist Mai Lin deine Freundin?«, fragte Vince. Aber Molly schüttelte nur den Kopf und schaute ihren Papa sehr ernst an.

»Sie ist meine Schwester. Meine kleine Schwester.«

Vince und Sharon tauschten jedes Mal verwunderte Blicke aus, wenn Mai Lan auf ihr Schwesterchen Mai Lin zu sprechen kam. Sie waren überzeugt, dass ihre Tochter eine lebhafte Fantasie besaß.

»Liebling«, wiederholte Sharon in solchen Fällen geduldig, »du hast keine Schwester.«

»Doch, Mami. Sie heißt Mai Lin.«

Die Eltern fragten sich, ob Molly vielleicht das kleine Mädchen erfand, weil Mai Lins Name so ähnlich klang wie ihr eigener Name. Aber auch dafür gab es keine hinreichenden Anhaltspunkte. So blieb das Mädchen mit dem schönen Namen Mai Lin, das Molly ihre Schwester nannte, in ihrer Erinnerung bestehen.

Die Zeit verging und Mollys unerklärliche Erinnerung trat ein Jahr nach ihrer Adoption durch eine überraschende Feststellung plötzlich in den Hintergrund. Sharon erwartete ein eigenes Kind. Entgegen jeder medizinischen Möglichkeit war sie schwanger geworden und schenkte nach neun Monaten zwei gesunden Buben das Leben.

Trotz der Geschäftigkeit in einem Haushalt mit drei kleinen Kindern sprach Molly immer wieder einmal von ihrer kleinen Schwester. An dem zweiten Jahrestag von Mollys Adoption trafen Sharon und Vince eine Entscheidung. Wenn Molly sich so sehr eine Schwester wünschte, wollten sie ein zweites kleines Mädchen aus China adoptieren. Auch wenn es keine leibliche Schwester sein konnte, so war es doch ein chinesisches Mädchen, das Molly ähnlich sah.

Ein Anruf ergab, dass das Waisenhaus, aus dem sie Molly adoptiert hatten, gar nicht mehr bestand. Eine Agentur am Ort gab ihnen die Adresse von einem anderen Waisenhaus, das etwa siebzig Kilometer von dem ersten Heim entfernt lag. Etwa ein halbes Jahr später flogen sie also nach China und trafen das kleine Mädchen, das sie ausgesucht hatten. Es war fünf Jahre alt und hieß Christine.

Von Anfang an waren Sharon und Vince von der Ähnlichkeit zwischen Molly und Christine verblüfft.

»Das ist ja unglaublich!«, wunderte sich Vince auf dem Heimflug und wandte sich an seine Frau. »Die Mädels gleichen sich wie ein Ei dem anderen.«

Molly und Christine wurden sehr rasch Freundinnen. Sie sprachen ähnlich, lachten gleichzeitig, spielten beide gern mit Puppen und sprangen beide mit Begeisterung Seil.

»Das ist meine Schwester, Mami«, sagte Molly eines Morgens beim Frühstück. »Danke, dass ihr mir meine Schwester gebracht habt.«

Sharon wurde es unheimlich. Sie schüttelte unmerklich den Kopf. »Natürlich ist sie deine Schwester, Molly. Sie gehört zu unserer Familie genauso wie deine Brüderchen. Ihr seid vier Geschwister.«

Als Sharon feststellen musste, dass Christine genau wie Molly auf Milchprodukte und Weizen allergisch reagierte, wurde sie neugierig.

»Ich möchte die Mädchen am liebsten testen lassen, Vince«, sagte sie zu ihrem Mann. »Ich möchte einen DNA-Test machen lassen.« Sie war ganz erregt, als sie Vince ihren Grund dafür erklärte. »Stell dir nur vor, die Mädchen wären tatsächlich Schwestern, Vince.«

»Das ist ganz und gar ausgeschlossen. Du weißt doch, was uns der Waisenhausdirektor gesagt hat. Molly hat keine Schwestern.«

»Ja, das weiß ich. Und wenn doch? Molly spricht seit zwei Jahren immer wieder von *ihrer kleinen Schwester.*« Sharon schwieg. »Ich muss es einfach wissen.«

Vince war einverstanden, damit Sharon endlich Ruhe gab, und in den nächsten Wochen wurde das Blut der Mädchen untersucht. Das Ehepaar saß gerade bei einer Tasse Tee, als die Ergebnisse der Laboruntersuchungen eintrafen.

Molly und Christine waren tatsächlich blutsverwandt. Sie mussten die gleichen Eltern haben.

Es war unglaublich! Sharon nahm noch einmal Verbindung mit dem Waisenhaus auf und erfuhr folgende Geschichte: Wahrscheinlich hatte die leibliche Mutter der Mädchen drei Töchter gehabt. Sie hatte die Älteste behalten und versucht, die beiden Kleinen zu verstecken. Doch jedes Mal, wenn Regierungsbeamte drohten, der Mutter auf die Schliche zu kommen, wurden die Mädchen weggegeben.

Bei einer solchen Versteckaktion war wahrscheinlich der Name der dritten Tochter in Christine umgeändert worden. Ursprünglich hatte die Jüngste Mai Lin geheißen. Das war der Name, den Molly immer genannt hatte, wenn sie von ihrer kleinen Schwester sprach.

Für Sharon und Vince war jedes Kind ihrer Kinderschar ein einmaliges Wunder. Ihre Träume hätten sich wohl kaum erfüllt, wenn sie auf ihrem Abschlussfest an der Highschool nicht einen kühnen Entschluss gefasst hätten. Davon sprechen Vince und Sharon häufig, wenn sie sich nicht gerade um ihre sechs Kinder kümmern müssen.

Zu Molly und Christine und den Zwillingssöhnen gebar Sharon noch einen dritten Sohn und zum guten Schluss auch noch eine Tochter. Sie vervollständigte den Wunsch, den Vince in seinem zweiten Jahr an der Highschool geäußert hatte, zu einer kompletten Serie von Wundern!

Mami wird bei dir bleiben

Kate English hatte sich in ihrem zweiten Jahr am College Hals über Kopf in einen ihrer Kommilitonen verliebt. Kurt war für sie in jeder Hinsicht einzigartig. Genau wie sie interessierte er sich für Strafrecht, sie waren beide Christen und verbrachten gerne ihre Freizeit in der freien Natur. Was Kate aber vor allem an Kurt gefiel: Er mochte Kinder!

»Wir sollten uns einen ganzen Stall voll Kinder anschaffen«, meinte Kurt begeistert, während sie Hand in Hand über den Campus schlenderten.

Kate war sich sicher, dass Gott ihren Kurt für sie handverlesen hatte. Also planten sie, nach dem letzten Jahr am College zu heiraten. Es sollte ein herrliches Sommerfest werden, das sie kaum erwarten konnten, denn sie freuten sich so sehr auf ihre gemeinsame Zukunft.

Weil sie mit Kates Eltern die Hochzeit planen wollten, machten sie sich kurz nach ihrer Verlobung zu ihnen auf den Weg. Doch während dieser Fahrt raste plötzlich ein betrunkener Fahrer frontal in ihr Auto. Kurt überlebte den Unfall mit einem gebrochenen Bein und behielt keine bleibenden Schäden.

Bei Kate war das anders.

Sie war mit dem Gesicht zuerst durch die Windschutzscheibe geflogen und sechs Meter weiter auf dem Asphalt gelandet. Dabei hatte sie einen Beckenbruch, innere Verletzungen und eine klaffende Wunde über der rechten Wange erlitten. Doch es sollte noch schlimmer kommen, denn schon bald stellte sich heraus, dass Kate infolge des Beckenbruchs und der inneren Verletzungen keine Kinder bekommen konnte.

Kurt besuchte seine Verlobte regelmäßig im Krankenhaus und eines Tages begann er herumzudrucksen: »Ich weiß gar nicht, wie ich es sagen soll.« Er betrachtete aufmerksam seine Hände und Kate bemerkte die winzigen Schweißperlen auf seiner Oberlippe.

Kate richtete sich stöhnend auf, denn jede Bewegung verursachte ihr große Schmerzen. Gleichzeitig bekam sie Herzrasen, denn Kurt sah so merkwürdig aus! »Ist etwas passiert?«, fragte sie ihn.

Kurt seufzte abgrundtief. »Ich habe …« Er blickte auf und schaute sie an. »Ich habe Bedenken wegen unserer Heirat.«

Sekundenlang starrte Kate ihn mit offenem Mund an. Auf einmal drehte sich alles in ihrem Kopf, und sie schloss die Augen, um nicht schwindelig zu werden. Nichts hatte sich zwischen ihnen verändert. Warum hatte Kurt ausgerechnet jetzt, drei Wochen nach dem Unfall, Zweifel an ihrer Partnerschaft? Als sie die Augen wieder öffnete, erkannte sie in seinen Augen etwas, das vorher nicht da gewesen war: Eine starre Kälte und eine unnachgiebige Gewissheit.

Kate hüstelte und räusperte sich, um überhaupt etwas sagen zu können. »Gibt es … irgendwelche Probleme? Ich meine … alles ist augenblicklich so durcheinandergeraten. Aber da kommen wir doch durch. Das schaffen wir doch gemeinsam. Oder?« Ihr Tonfall verriet panische Angst. Eine Panik, die sie hasste. »Oder habe ich dir irgendwie Unrecht getan? Etwas, worüber wir sprechen sollten?«

In diesem Augenblick schossen ihr zig Möglichkeiten durch den Kopf. Nie wäre sie auf die Erklärung gekommen, die Kurt im nächsten Augenblick kurz und knapp von sich gab.

»Ich will Kinder, Kate.« Seine Stimme klang gequält. »Das ist der Grund, warum ich heiraten will. Ich möchte eine Familie.«

Seine Worte trafen sie wie brennende Pfeile. »Ich verstehe.« Ihre Antwort verarmte zu einem tonlosen Flüstern. Ihr Herz brach entzwei. »Ich kann keine Kinder mehr haben. Darum willst du mich nicht mehr heiraten. Ist das der Grund?«

Kurt nahm ihre Hand. Seine Hände waren feucht. »Es tut mir so leid. Ich weiß, es klingt ganz schrecklich, aber ich komme nicht dagegen an.« Er verschränkte die Arme und trat von Kates Krankenbett zurück. »Seit dem Unfall sieht alles anders aus.« Er entschuldigte sich noch einmal und verabschiedete sich.

Das war das letzte Mal, dass Kate ihren Verlobten sah.

Die Enttäuschung war für Kate vernichtend. Sie war sich nicht sicher, warum Kurt vor ihr davongelaufen war – war es wirklich, weil sie keine Kinder mehr bekommen konnte, oder war es, weil ihr Gesicht so entstellt aussah? Zwei Monate blieb sie im Krankenhaus, an die sich Rehabilitationsmaßnahmen anschlossen. Jeden Tag fiel sie tiefer in eine Depression, die bodenlos zu sein schien.

Ihre Eltern waren wütend auf Kurt, und sie machten sich Gedanken, wie sie Kate helfen konnten. Aber die Veränderungen in ihrem Leben waren zu niederschmetternd. Innerhalb von acht Wochen hatte ihre Tochter alles verloren, was für eine junge Frau ein erfülltes Leben ausmacht: den Mann, ihr hübsches Gesicht und die Möglichkeit, Kinder zu bekommen. Und ihren Glauben an Gott hatte sie außerdem verloren.

»Gott hat es zugelassen«, sagte sie zu ihrer Mutter. »Niemand wird mich jetzt noch haben wollen.«

»Kurt hat nicht richtig gehandelt, Kate!«, erwiderte ihre Mutter empört. »Du wirst sehen, Gott wird dir eines Tages einen anderen Mann schenken.«

Kate sank immer tiefer in ihre Depression, bis sie schließlich gar nicht mehr aus dem Bett wollte. Ihre Verletzungen waren geheilt und schmerzten nicht mehr, dafür quälten sie Tag und Nacht folgende Fragen: »Wieso konnte Kurt sie einfach verlassen? War es wirklich so leicht, jemanden nach einem Unfall sitzen zu lassen, den man ursprünglich hatte heiraten wollen? Was sollte aus ihr werden, mit einem vernarbten Gesicht und einem Leib, der keine Kinder austragen konnte?«

Während ihrer einsamen Nächte fand Kate keine Antworten.

Schließlich konnten ihre Eltern sich das nicht länger mit ansehen und bestanden auf einer Therapie. Dreimal in der Woche fuhr sie zu einer Gesprächstherapie, woraufhin sich im Verlauf eines Jahres einiges bei Kate veränderte. Aus dem tiefen und verzweifelten Kummer wurde ein gestähltes Selbstbewusstsein. Sie würde nicht aufgeben und sterben, weil ein betrunkener Autofahrer ihre Jugend ruiniert hatte. Kurt war weg und würde auch nicht wiederkommen. Und sie würde nicht länger im Bett bleiben und der Vergangenheit nachtrauern.

Im folgenden Jahr beendete Kate das College und erhielt ihr Diplom als medizinisch-technische Assistentin ausgehändigt. Nach und nach konnte sie Gott wieder vertrauen und fand in ihrer Beziehung zu ihm Frieden. Ob Kurt sie verlassen hatte, ob Menschen ihr mit mitleidigen Blicken ins Gesicht sahen, Gott war auf ihrer Seite. Er hatte den Autounfall nicht zugelassen. Betrunkene Autofahrer gehören leider zu unserer gefallenen Welt. Und ohne Gott, das wusste sie, konnte sie ihr Lebensschiff nicht durch diese zerstörerische Welt navigieren.

Am Jahresende sah Kate freudig ihrem Berufsleben entgegen. Wenn ein Autounfall einen Menschen so sehr aus der Bahn werfen konnte wie sie, wollte sie Unfallopfern helfen und MTA im Rettungsdienst werden.

Ihr Beruf wurde für sie zur Berufung. Die Ausbildung und das Gebet im Zusammenhang mit allem, was sie für sich gelernt hatte, gaben ihr neben der medizinischen Versorgung die Möglichkeit, Unfallgeschädigten, mit denen sie zusammentraf, Hoffnung und Zuversicht zu vermitteln.

Was für sie seit der Trennung von Kurt jedoch schwierig blieb, war ihr Umgang mit Männern. Nach der Arbeit ergab es sich hin und wieder, dass sie noch mit einem anderen medizinisch-technischen Assistenten traf oder mit einem Feuerwehrmann, der auf demselben Gebiet wie sie arbeitete. Sie hatte jedes Mal den Eindruck, dass Männer sie nicht als Person sahen, sondern dass ihr Blick an ihrem Äußeren hängen blieb.

»Die Männer sehen gar nicht, wer ich bin«, klagte Kate ihrer Mutter. »Sie sehen nur eine Frau vor sich, die eine Narbe im Gesicht hat.«

Und wenn der eine oder andere Mann, der sich dennoch für mich interessieren sollte, erfährt, dass ich keine Kinder mehr bekommen kann, ist der Ofen sowieso aus, dachte Kate bei sich. Darum baute sie eine hohe Mauer um ihr Herz, weshalb sie, sobald sie einem Mann begegnete, nie mehr als ein knappes, oberflächliches Gespräch zuließ. Gleichzeitig brannten zwei Wünsche in ihrem Herzen, aus denen sich nach und nach zwei Gebete formten. Zwei Gebete um zwei Wunder.

»Bitte, lieber Vater«, betete sie nachts in ihrem Bett, »bitte hilf mir, dass ich lieben lerne. Ich möchte einem Menschen begegnen, der mich so nimmt, wie ich bin. Und bitte lass mich eines Tages für ein Kind sorgen dürfen!«

Aus Monaten wurden Jahre, und Kate versteckte sich immer noch hinter der Mauer ihres Herzens, wodurch ihre Einsamkeit nicht geringer wurde. Aber sie fühlte sich so hilflos. Wie sollte sie ihre Ängste überwinden, ihre Kontrolle aufgeben und Vertrauen wagen, wie es einmal bei Kurt möglich gewesen war? Eines Morgens, es war Kates 27. Geburtstag, betete sie verzweifelt:

Lieber Vater, ich überlasse dir mein ganzes Leben. Wenn du nicht willst, dass ich Liebe finde, wenn Kinder nicht in meine Zukunft gehören, so sei's drum. Ich will als MTA weiterarbei-

ten und Menschen helfen, so gut ich kann. Ich vertraue dir meine Wünsche und Vorstellungen an.

An diesem Tag fühlte sich Kate so befreit, wie sie sich seit Jahren nicht mehr gefühlt hatte. Anstatt sich selbst leidzutun, sich verzweifelt nach einem Wunder zu sehnen, akzeptierte sie die Realität ihres Lebens.

Tom, einer ihrer Kollegen, stellte bei ihr diese Veränderung sofort fest und meinte: »Kate, du strahlst ja richtig!« Dabei schlug er ihr freundschaftlich auf die Schulter.

Sie kannten sich seit drei Jahren, doch bisher hatte Kate sich nie auf ein näheres Gespräch mit ihm eingelassen.

Der Kollege lächelte sie an und fragte: »Darf ich dich heute an deinem Geburtstag nach der Arbeit zu einer Tasse Kaffee einladen?«

Kate kämpfte gegen ihre innere Stimme, die sagte: *Tom lädt mich nur aus Mitleid ein*, bewusst an und schlug die Einladung nicht aus. Vielmehr lächelte sie zurück und stimmte zu. Eine Tasse Kaffee mit Tom wäre nicht schlecht. Gott war ab sofort für ihre Unsicherheit zuständig.

Noch bevor sie ihre Schicht beendet hatten, wurde ein Unfall gemeldet. Auf der Autobahn hatte es einen schweren Unglücksfall gegeben, nicht weit von ihrer Rettungsstation entfernt. Kate und Tom gehörten zu den ersten Helfern am Unfallort. Was sie zu sehen bekamen, war erschütternd. Das Auto war von der Autobahn geflogen und in eine Schlucht gestürzt. Da kein weiteres Auto betroffen war, vermutete die Polizei sofort, dass der Fahrer entweder unter dem Einfluss von Alkohol oder Drogen gestanden haben musste. Oder er war am Lenkrad eingeschlafen.

Bei näherem Hinsehen zeigte sich, dass zwei Menschen in dem Auto eingeklemmt waren. Ein Mann und eine Frau. Sie schienen tot zu sein. Schneidegeräte waren nötig, um die Körper aus dem Wagen zu befreien. Plötzlich hörte man in den Pausen zwischen dem Lärm der Schneidbrenner kurze gedämpfte Kinderschreie. Sie mussten vom Rücksitz kommen.

»Da sitzt noch jemand lebend drin!«, rief Kate, die in der Nähe stand.

Da jetzt feststand, dass zumindest ein Mensch noch am Leben war, bahnten sich Kate und Tom sofort ihren Weg an den Arbeitern vorbei zu dem Schrotthaufen, der von dem Fahrzeug noch übrig geblieben war. Auf dem Rücksitz saßen nicht nur ein, sondern zwei Kinder angeschnallt – ein Baby in einer Autoschale, die Augen weit aufgerissen und hellwach. Und ein Junge, der vielleicht zwei oder drei Jahre alt war, in einem Kleinkindersitz. Er brüllte wie am Spieß und sein Köpfchen blutete. Blankes Entsetzen sprach aus seinen Augen.

Nach fünfzehn Minuten hatten Kate und Tom mit Hilfe der Rettungscrew die Kinder befreit und konnten sie aus dem zertrümmerten Fahrzeug bergen. Bei ihrer Arbeit hatten sie einen starken Alkoholgeruch im Auto wahrgenommen. Kate blieb bei den Kindern, prüfte ihre Reaktionen und stellte beruhigt fest, dass sie nicht ernstlich verletzt waren.

Der Junge hatte große braune Augen und eine olivefarbene Haut. Er hielt Kates Hand fest umschlossen und schaute sie alle zwei Sekunden fragend an: »Mami?«

»Schon gut, mein kleiner Liebling.« Kate versuchte zu lächeln. Ihre Stimme zitterte. »Wie heißt du denn?«

Der Junge konnte die Frage nicht beantworten. Stattdessen reichte er seine kleine Hand dem Schwesterchen und drängte sich dicht an Kate heran. Hin und wieder hob er sein Händchen und winkte: »Mami, bye-bye?«

Während Tom die Körper der Erwachsenen aus den Vordersitzen befreite, entwickelte Kate zu dem kleinen Jungen und seiner Schwester sofort eine zärtliche Bindung. Tom gab ihr ein Zeichen, sie möge ihm folgen, also überließ Kate die Kinder in dieser Zeit einer Kollegin.

»Die Polizei hat die Details.« Tom sah finster drein. »Die Mutter der Kinder ist im Gefängnis. Sie hat ihre Rechte an diesen Kindern ihrer einzigen Verwandten – ihrer Schwester – übertragen. Das verunglückte Ehepaar ist die besagte Schwester und ihr Mann. Der Fahrer hat schon öfter wegen Trunkenheit am Steuer gesessen. Wenn sie nicht durch den Unfall ums Leben gekommen wären, hätte der Alkohol ihnen den Rest gegeben. Sie stinken immer noch nach Schnaps.«

Kate schaute sich nach den Kindern um. »Wer wird sich jetzt um die Kinder kümmern?«

»Das Sozialamt.« Tom biss sich auf die Unterlippe. »Sie werden die Kinder zur Untersuchung ins Krankenhaus schicken. Damit gehen sie den üblichen Behördenweg. Und wir haben wieder zwei Heimkinder, die auf ein Zuhause warten!«

Kate spürte, wie weh ihr der Gedanke tat. »Der Junge ... er ist ein ungewöhnlich liebes Kind.« Ihre Stimme klang sehr weich. Sie war gerührt. »Wir haben uns ein wenig unterhalten.«

»Ja«, sagte Tom und er lächelte, »ich habe euch beobachtet. Es sieht aus, als hättest du einen kleinen Freund gewonnen.«

Der Junge hieß Peter und seine kleine Schwester Cassie. Tom hatte Recht damit gehabt, wie der Weg der Kinder in den nächsten Tagen weiter verlief. Der kleine Junge und das Baby wurden zunächst im Krankenhaus untersucht, wo nur ein paar oberflächliche Schrammen und einige blaue Flecken festgestellt wurden. Anschließend wurden sie der Fürsorge vorgestellt und vorübergehend zu Pflegeeltern gegeben.

Kate konnte den kleinen Jungen nicht vergessen. Sie spürte immer noch seine kleine Hand in der ihren, obwohl schon Stunden und Tage darüber vergangen waren. Eine Woche nach dem Unfall hatte Kate einen Traum. Sie träumte, wie sie sich um den kleinen Peter und sein Schwesterchen Cassie kümmerte.

Am nächsten Morgen sprach sie bei der Arbeit mit Tom. »Ich denke darüber nach, die Kinder in Pflege zu nehmen. Ich werde versuchen, die Zustimmung der Unfallzentrale zu bekommen. Ich möchte für sie sorgen und sie vielleicht eines Tages adoptieren.«

Tom strahlte übers ganze Gesicht. Er stimmte ihr zu und bestätigte sie in ihrem Entschluss. »Lass mich wissen, wie es ausgeht. Ich werde alles tun, um dir dabei zu helfen.«

Kate rief an, und es ging alles schneller, als sie befürchtet hatte. Weil sie beim Land angestellt war, war den Behörden das meiste, was sie wissen wollten, durch ihre Akte bekannt, und die Formalitäten konnten rasch erledigt werden. Vier Wochen nach dem Unfall wurden ihr die Kinder Peter und Cassie als Langzeitpflegekinder nach Hause gegeben.

Während sie bei der Arbeit war, sorgten Kates Mutter und ihr Vater für die Kinder. Von Anfang an wusste Kate, dass Peter und Cassie eine Antwort auf ihr Gebet waren.

»Das ist das Wunder, auf das ich gewartet habe!«, sagte sie überglücklich zu ihren Eltern.

Tom hielt sein Versprechen. Er kam mehrmals in der Woche, wenn er und Kate keinen Dienst hatten. Manchmal erzählte er von sich und seinen eigenen Vorstellungen, Träumen und Enttäuschungen. Und nicht selten saß er einfach auf dem Fußboden und spielte mit Peter oder wiegte Cassie in seinen Armen, wenn sie müde war, aber noch nicht einschlafen konnte.

Was mit einer Freundschaft und gemeinsamen Erfahrungen und Erlebnissen begonnen hatte, wurde mehr. Schließlich gestand Tom Kate, dass er sich in sie verliebt habe. Zum Glück gelang es Kate, ihre Neigung, ihm seine Zuneigung nicht zu glauben oder sich seinen Zärtlichkeiten zu entziehen, zu besiegen. Und sie besiegte auch ihre Befürchtungen, er würde sie eines Tages verlassen, wie Kurt sie verlassen hatte.

Inzwischen waren die Kinder trotz ihrer schwierigen Ausgangssituation recht stabil, keines hatte körperliche Beschwerden oder litt unter psychischen Problemen. Im Gegenteil, sie fühlten sich bei Kate wohl und hingen mit großer Liebe an ihr, als sei sie schon immer ihre Mutter gewesen.

»Ich merke, wie Gott in mein Leben hineinwirkt«, sagte sie eines Abends zu Tom, nachdem die Kinder eingeschlafen waren. »Immer wenn ich gerade dabei bin, die Hoffnung aufzugeben, passiert ein Wunder direkt vor meinen Augen.«

Sechs Monate nach dem Unfall erfolgte ein weiterer wichtiger Abschnitt: Kate erhielt das Adoptionsrecht für Peter und Cassie. An dem Abend, an dem sie diese Nachricht bekommen hatte, besuchte sie Tom und wollte mit ihr das freudige Ereignis feiern.

Als dann die Kinder endlich fest schliefen, zog er einen Ring aus seiner Tasche und stellte ihr eine Frage, die sie niemals mehr erwartet hatte: »Willst du meine Frau werden, Kate? Darf ich Peters und Cassies Vater werden? Darf ich für euch drei sorgen und euch alle lieb haben bis an mein Lebensende?«

Wieder schossen ihr die alten Fragen wie Giftpfeile durch den Kopf. *Wie war das mit ihrem Gesicht? Was, wenn Tom eigene Kinder haben wollte?* Aber darüber hatte sie mit ihm bereits gesprochen. Es war für ihn nicht wichtig. Ein zweites Wunder passierte vor ihren Augen: Tom liebte sie aufrichtig wie sie war – ohne Einschränkung.

Mit Tränen in den Augen nahm Kate den Ring an, küsste Tom und gab ihm ihr Ja. An ihrem achtundzwanzigsten Geburtstag heirateten sie. Kate konnte sich nicht genug wundern, wie sich ihr Leben verändert hatte. Ein Autounfall hatte ihr die Tür zur Zukunft zugeschlagen, indem mit ihm die Liebe zu Kurt und die Aussicht auf eigene Kinder beendet worden war.

Aber ein anderer Autounfall hatte ihr diese Tür wieder geöffnet und ihr nicht nur ein, sondern gleich zwei Wunder beschert.

Zwei Monate nach ihrer Hochzeit saßen Kate und Tom Hand in Hand vor einem Anwalt und unterschrieben die Adoptionsurkunden von Peter und Cassie. Als Peter zu ihr aufschaute und wie beim ersten Mal vorsichtig »Mami?« fragte, lächelte Kate zurück und nahm seine kleine Hand.

»Mami ist bei dir, Liebling. Und Mami wird bei dir bleiben.«

Träume brauchen manchmal Wunder

Jared Winters verliebte sich in Allison Hayes auf den ersten Blick. Er begegnete ihr an einem Nachmittag im August, kurz bevor sein erstes Jahr an der Highschool begann. Allison war gerade mit drei Freundinnen ihre Runden auf der Aschenbahn der Washington Highschool außerhalb von Fairfax im Bundesstaat Virginia gelaufen und ohne besonderen Grund hatte sie ihm direkt ins Gesicht geblickt.

Die Football-Mannschaft trainierte in jener Woche zweimal täglich. Und als Jared mit hochrotem Kopf, verschwitzt und erschöpft mit seinen Kameraden gerade das Spielfeld verließ, traf ihn ihr Blick. Einen Augenblick lang hatte er den Eindruck, als seien er und das Mädchen die einzigen Menschen auf dem Sportplatz. Sie war groß, hatte lange, schlanke Beine, hellblondes Haar und braune Augen. Das erkannte er aus fünfzehn Metern Entfernung. Noch nie in seinem Leben hatte Jared ein schöneres Mädchen gesehen.

»Wen starrst du denn da an, Winters?«, wollte sein bester Freund wissen, der neben ihm seine Dehnübungen machte.

»Sie.« Jared wandte seinen Blick nicht von dem Mädchen. »Sie ist hinreißend.«

Sein Freund folgte Jareds Blick und lachte laut auf. »Alles klar! Allison Hayes.«

Jareds Herz machte einen Hüpfer. Er schaute seinen Freund an. »Du kennst sie also?«, fragte er neugierig.

»Sie wohnt in meiner Straße.« Er machte eine Kopfbewegung nach links. »Die gehört zu den *Unberührbaren.* Allison hat schon unzählig vielen Typen, die sie nur angeschaut hatten, den Kopf verdreht.«

Jared wollte alles über Allison wissen. Er quetschte seinen Freund richtig aus. So wusste er noch bevor das Training zu Ende war, dass Allison wie er im ersten Jahr auf die Highschool gehen würde, bis dahin war sie zur *Middle School* in Fairfax gegangen. Sie war Leichtathletin und war im Läuferteam. Für Jungs zeigte sie wenig Interesse.

Nach dem Training meinte Jared zu seinem Freund, bevor sie sich trennten: »Von mir sollst du es als Erster erfahren: Eines Tages wird Allison meine Frau.«

Sein Freund lachte nur hell auf und versetzte Jared einen kräftigen Schlag auf die Schulter. »Garantiert! Und ich werde Präsident der Vereinigten Staaten!«

Zwei Wochen danach begann die Schule. Flehentlich schickte Jared am ersten Tag immer wieder das eine Gebet zum Himmel: *Lieber Gott, lass mich sie sehen!*

Endlich kam die Antwort! In der sechsten Stunde. Nachdem Jared sich fünf Stunden lang unruhig gefragt hatte, ob sie tatsächlich zur Washington Highschool ging, spazierte Allison Hayes seelenruhig mit fünf Minuten Verspätung in den Kurs für amerikanische Geschichte herein, den Jared auch belegt hatte. Obwohl sie völlig entgegengesetzt von ihm saß, konnte er die ganze Unterrichtsstunde lang seinen Blick nicht von ihr wenden.

Sie dagegen schaute kein einziges Mal in seine Richtung. Als die Schulglocke ertönte, blieb sie wartend am Ausgang stehen. Er wollte gerade an ihr vorübergehen, da wandte sie ihm ihr Gesicht zu und sagte: »Hi.«

Ihr Lächeln ließ ihn dahinschmelzen.

»Hi«, nickte er überrascht zurück und verließ mit ihr den Klassenraum. »Ich bin Jared.«

»Erster Jahrgang, Football. Hab ich Recht?«

»Yeah.« Unter Jared schwankte der Boden. Sie wusste,

wer er war. Er atmete einmal tief durch. Nein, er träumte nicht. Allison Hayes ging tatsächlich an seiner Seite und lächelte ihn an. »Und du bist Leichtathletin. Hab ich Recht?«

Eine leichte Röte überflog ihre Wangen. »Ja, ich bin Sprinterin. Aber der nächste Wettkampf ist erst wieder im Frühling.«

Sie unterhielten sich noch weiter auf dem Weg zu ihren nächsten Unterrichtsräumen. Und sie unterhielten sich von nun an jeden Tag auf dem Weg zu ihren nächsten Unterrichtsräumen. Eine ganze Woche lang. Immer nach der sechsten Stunde.

Am Ende der zweiten Woche bat Jared sie um ihre Telefonnummer. Und am Abend erzählte er seiner Mutter von der wunderschönen, einmaligen Blondine aus seinem Geschichtskurs.

»Wenn sie sich tatsächlich mit mir befreunden will, bin ich mir sicher, dass sie meine Frau wird. Gibt es so etwas, Mama? Glaubst du, dass es das gibt?«, fragte Jared seine Mutter, die ihm am Tisch gegenübersaß.

Seine Mutter legte den Stift zur Seite, mit dem sie gerade einen Brief schrieb. Sie schaute Jared an. »Über kurz oder lang wirst du ganz sicher ein einmaliges Mädchen finden.« Dabei hob sie eine Augenbraue und schmunzelte: »Selbst wenn du bei Licht besehen noch zu jung für eine feste Freundschaft bist.«

Jared lachte. »Wir stellen schon nichts an, Mama. Das weißt du doch.«

Sie lächelte ihn vertrauensvoll an. »Du weißt schon, was du tust. Was mich aber besonders freut«, sie zögerte einen Moment und ihr Lächeln wurde herzlich, »dass sie für dich einmalig ist.«

Durch viele Telefongespräche und gemeinsames Lernen bei Jared wuchsen Allison und Jared mehr und mehr zusammen. Im zweiten Jahr an der Washington Highschool wussten alle, dass sie fest befreundet waren.

»Mann, willst du denn nicht erst deine Erfahrungen machen?«, fragte ihn einer seiner Footballkumpels zu Beginn des Jahres. »Allison ist schon klasse und hat alles, was eine Frau braucht, aber schau dich doch erst einmal unter den Töchtern des Landes um!«

Jared schüttelte nur den Kopf und lachte. Für ihn gab es keine anderen Frauen. Allison war das Mädchen seiner Träume. Das bestätigte sich mehr und mehr.

Auch als sie gemeinsam von der Highschool an die *Pepperdine University* in Kalifornien wechselten, blieb ihre Freundschaft bestehen. Hier wurde allerdings die körperliche Nähe für sie zum ersten Mal ein Problem.

Jared und Allison hatten während ihrer Zeit an der Highschool aktiv in ihren christlichen Jugendgruppen mitgearbeitet. Sie küssten sich zwar, waren sich aber einig, dass es dabei bleiben sollte. Die Versuchungen wurden allerdings größer, als sie durch die Lande zogen, um für sich gemeinsam eine private Universität zu finden. Es gab häufiger Gelegenheiten für Kompromisse.

Eines Nachts gingen sie auf den Hügeln ihres Campus spazieren und schauten auf den weiten Pazifischen Ozean hinaus. Zögernd begann Jared ein Gespräch. Er sprach von ihrer Abmachung, vor der Ehe keinen Geschlechtsverkehr zu haben und wie schwierig das geworden sei. »Wenn wir uns hier und jetzt nicht neu dazu entscheiden, können wir nicht dafür garantieren, dass einer von uns über kurz oder lang schwach wird.«

Allison nahm die Frage sehr ernst. »Du hast Recht. Was sollen wir tun?«

Jared fiel es nicht leicht, darüber zu reden. »Lass uns vor Gott ein Versprechen abgeben. Ich bin mir sicher, dass er uns dafür segnen wird, egal, wie es zwischen uns weitergeht.«

Sie nahmen auf der Stelle die Gelegenheit wahr. Jared und Allison fassten sich bei den Händen und hoben ihre Gesichter zum blauen kalifornischen Himmel empor.

»Gott, wir versprechen, für dich rein zu bleiben. Nur das

zu tun, was du möchtest.« Jared machte eine Pause. Sein Herz schlug zum Zerspringen. »Hilf uns, unser Versprechen zu halten. Und bitte, segne unsere Beziehung!«

Von dieser Zeit an schien es, als fließe der Segen auf Jared und Allison herab. Sie fanden neue Möglichkeiten, sich in christlichen Gruppen zu engagieren, und konnten das Versprechen, das sie abgegeben hatten, halten. Außerdem kamen sie in ihrem Studium gut voran.

Im Sommer vor ihrem vorletzten Studienjahr lud Jared Allison zu einem Essen in ein Restaurant an der Küste von Malibu ein und machte ihr einen Heiratsantrag.

Allison sagte Ja und von da an schmiedeten die beiden Hochzeitspläne. Die Hochzeit sollte ein Jahr später sein. Sie träumten von einer Sommerhochzeit vor ihrem letzten Jahr am College.

»Wie viele Kinder möchtest du später einmal haben?«, fragte Jared seine Allison bei einem Picknick am Strand. In zwei Monaten wollten sie heiraten. Jeder von ihnen hatte inzwischen einen Arbeitsplatz in Los Angeles gefunden, und Jared hatte für sie eine Eigentumswohnung in Thousand Oaks gekauft, wo sie nach der Hochzeit einziehen wollten.

Allison legte sich auf den Rücken und schaute in die Wolken. »Ich weiß es nicht.« Sie richtete sich wieder auf und schaute Jared an. »Wenigstens zwei, findest du nicht auch?«

»Auf jeden Fall so viele, bis wir ein kleines Mädchen haben, das genauso ausschaut wie du. Ein Mädchen mit blondem Haar und braunen Augen.« Er lachte sie fröhlich an. »Und wenn es unser zehntes Kind sein sollte! So ein Mädchen möchte ich haben.«

Die Hochzeit ließ für das Brautpaar keine Wünsche offen. Nach dem Fest schlich sich Jareds Mutter an Allisons Ohr und flüsterte: »Ich freu mich schon auf eure Enkelkinder.«

Allison spürte, wie sie rot wurde. »Lass uns dazu bitte noch ein wenig Zeit, Mam«, antwortete sie und tätschelte ihrer Schwiegermutter gutmütig den Arm. »Wir haben nicht einmal die Hochzeitsnacht hinter uns!«

Es stimmte schon, dass sie und Jared lieber früher als später Kinder haben wollten. Je mehr sie über eine Familie nachdachten, umso sicherer waren sie sich, dass sie mehrere Kinder haben wollten. Deshalb legten sie an ihrem ersten Hochzeitstag alle Verhütungsmittel zur Seite und fingen an, für ein Kind zu beten.

Langsam schlich das Jahr dahin und jeden Monat brachte Allison Jared die enttäuschende Nachricht: »Kein Baby in Sicht.«

Am zweiten Hochzeitstag machte sich Allison bereits ernsthaft Sorgen, dass etwas nicht in Ordnung sei.

»Das können wir doch untersuchen lassen«, meinte Jared und streichelte ihr zärtlich über den Rücken. »Vielleicht weiß der Arzt einen Rat.«

Es stellte sich heraus, dass das Problem bei Allison lag. Sie hatte keinen regelmäßigen Eisprung und ihre Eierstöcke waren nicht voll entwickelt.

»Wir können zwar eine medikamentöse Behandlung beginnen«, schlug der Arzt vor, »aber ich muss Ihnen leider sagen, dass die Chancen, schwanger zu werden, für Sie nicht sehr groß sind.«

»Was sollen wir bloß machen?«, weinte Allison in Jareds Armen. Hilflos schaute sie ihren Mann an. »Gott weiß doch, dass wir uns Kinder wünschen.«

Jared musste an das kleine Mädchen denken, das er sich vorgestellt hatte. Ein Kind, das so aussah wie Allison. Auch er war sehr enttäuscht. Tröstend meinte er: »Lass es uns mit der medikamentösen Behandlung auf jeden Fall versuchen. Sie ist einen Versuch wert. Wenn das nichts bringt, werden wir weiter sehen.«

Allison vertrug die Medikamente nicht besonders gut. Sie bekam Kopfschmerzen und es zeigten sich auch noch andere Nebenwirkungen. Solange sie eine Chance sah, schwanger zu werden, nahm sie alles in Kauf. Doch als ein weiteres Jahr verstrichen war und ihr dritter Hochzeitstag nahte, setzten sie die Medikamente ab.

Wochenlang waren sie traurig, dass sie keine eigenen Kinder haben konnten. Jeder von ihnen brachte seine Not vor Gott und sie kamen zu einem gemeinsamen Entschluss. Es war an der Zeit, die alternative Möglichkeit in Betracht zu ziehen – eine Adoption.

Sie erkundigten sich umfassend. Eine sogenannte »offene Adoption« kam für sie nicht infrage.

»Das ist mir zu riskant«, sagte Allison zu ihrer Mutter. »Ich kann mir nicht vorstellen, ein Kind zu haben, das ich, wenn die leibliche Mutter ihre Meinung ändert, wieder zurückgeben soll.«

Jared konnte das verstehen. Darum nahmen sie mit der *One Family International Adoption Agency* in Los Angeles Verbindung auf. Nach der Besprechung mit einem Anwalt und der erforderlichen Prüfung ihrer Familienverhältnisse waren Allison und Jared damit einverstanden, ein Kind aus Russland zu adoptieren.

Bald war es an der Zeit festzulegen, was für ein Kind sie adoptieren wollten. Hierbei zögerte Jared. Tief in seinem Herzens verbarg sich der alte Wunsch: *Ich wünsche mir ein kleines blondes Mädchen mit braunen Augen.* Fragend sah er Allison an. »Ich glaube nicht, dass Gott möchte, dass wir nach einem bestimmten Kind suchen. Irgendwo da draußen hat er das Kind für uns, das genau zu uns passt.« Wieder zögerte er. »Ich glaube, ich sollte Gott nicht eingrenzen.«

Allison spürte, wie sie sich über die Antwort freute. Jared hatte sich so lange eine Tochter mit ihrem Aussehen erträumt. Sie freute sich, dass er bereit war, seinen Traum aufzugeben, damit das zu ihnen passende Kind in ihr Haus finden konnte. Sie nahm seine Hände und drückte sie dankbar. »Ich empfinde genau wie du.«

Sie füllten also das Formblatt aus und ließen spezielle Wünsche offen. Irgendein Kind – ob Junge oder Mädchen, blond oder braun – sollte ihnen willkommen sein.

Nach einem halben Jahr wurden sie von der Adoptionsvermittlung angerufen, die ein Baby für sie hatte. Es war ein

Junge. Er war sechs Monate alt, hatte braunes Haar, braune Augen und eine leichte Missbildung an einem Füßchen. Die Frau am Telefon erklärte, dass die meisten Babys aus diesem speziellen Waisenhaus dunkle Haare und Augen hätten, wie es ihrer Region von Russland entspricht.

»Ist es ein Problem für Sie, dass das Baby eventuell gesundheitliche Schwierigkeiten haben wird?«

Allison schaute nach unten und sah, wie ihre Hände zitterten. Neben ihr mahlte Jared heftig mit den Wangenknochen und schüttelte vorsichtig den Kopf. Sie hatten Gott um dieses Kind gebeten und hatten Gott nicht auf ein bestimmtes Baby begrenzen wollen. Sie wollten es aus seiner Hand nehmen. Sie merkten, dass sie sich einig waren.

Jared hüstelte nervös und sagte anschließend der Sozialarbeiterin mit fester Stimme: »Wenn dies das Baby ist, dass Sie für uns gefunden haben, dann ist das unser Sohn.«

Nach acht Wochen checkten Jared und Allison in ein Flugzeug nach Russland ein. Sie hatten ein Foto von ihrem zukünftigen Sohn dabei und Mut, der nur von Gott kommen konnte. Gleich am nächsten Tag verabredeten sie sich mit dem russischen Waisenhaus.

»Wir freuen uns, dass sie die kleine Ina adoptieren wollen«, lachte ihnen die Sozialarbeiterin entgegen. »Sie passt zu Ihnen und gleicht Ihnen aufs Haar«.

Allison und Jared runzelten die Stirn und sahen sich verwundert an. Anschließend schauten sie die Frau an.

Es war Allison, die zuerst etwas sagen konnte: »Ich fürchte, da gibt es eine Verwechslung mit dem Kind.« Sie spürte, wie ihre Mundwinkel leicht nach unten fielen, während sie ihr das Foto zeigte. »Dies ist der Junge, den wir adoptiert haben. Er heißt Ramon.«

Die Frau nahm das Foto in die Hand, schaute es sich genau an und schüttelte den Kopf. »Ramon ist ein ganz dickes Baby.« Sie reichte Allison das Foto zurück. »Er ist bei einer russischen Familie untergekommen, einem Ehepaar, das kranke Kinder betreut und sie medizinisch versorgt.«

»Und trotzdem wurde uns gesagt, dass es unser Kind sei. Nun hören wir von Ihnen, Sie haben ein kleines Mädchen für uns?« Jared spürte sein Herz unter dem Sporthemd klopfen. Sie waren auf einen Jungen mit einem missgebildeten Fuß vorbereitet. Falls das Waisenhaus ein Mädchen für sie hatte, wie alt mochte es sein? Und was mochte bei dem Kind nicht stimmen?

Die Angestellte des Waisenhauses lächelte Allison und Jared an. »Ja, Ina ist auch sechs Monate alt. Sie ist ein bildhübsches kleines Mädchen.«

Bestimmt würde es wie die übrigen Kinder dunkeläugig und dunkelhaarig sein. Das war kein Problem, nur fürchtete sich Allison, die nächste Frage zu stellen: »Und welche Krankheit hat Ina?«

Die Frau schaute noch einmal in die Akte und schüttelte wieder den Kopf. »Keine. Ina wurde erst vor einer Woche zu uns gebracht. Ihre Eltern starben bei einem Unfall.« Sie schaute Allison und Jared an. »Soweit wir wissen, ist Ina kerngesund.«

Allison glaubte nicht richtig zu hören. Was für eine Überraschung! Der Junge, für den sie gebetet hatten, war irgendwo anders untergebracht worden. Und nun wartete eine Tochter auf sie? Jared griff nach der Hand seiner Frau und drückte sie fest. Allison sah die Entschlossenheit in seinen Augen. Sie waren sich einig. Das Kind, das Gott ihnen zudachte, war ihr Kind. Ohne Frage.

Allison erwiderte Jareds Händedruck. »Also dann?« Sie lächelte die Frau unternehmungslustig an. »Können wir das Kind sehen?«

Die Frau grinste von einem Ohr zum anderen. »Ich bin sofort wieder da.«

Als die Sozialarbeiterin gegangen war, schaute Jared seine Allison an. »Erinnerst du dich noch an unser Picknick vor unserer Hochzeit, als wir von einem ganzen Stall voll Kinder gesprochen haben?«

»Ja, daran kann ich mich sehr gut erinnern.« Allison

wurde es ganz warm ums Herz. »Ich glaube, dies ist der Anfang unseres Kindersegens.«

Jared sprach nicht mehr von seinem kleinen blonden, braunäugigen Mädchen. Der Wunsch würde ihm sicherlich unerfüllt bleiben. Sie hatten Gott versprochen, die Kinder anzunehmen, die Gott ihnen gab, und ihr Leben auch in Zukunft mit ihm zu führen.

In diesem Augenblick kam die Sozialarbeiterin um die Ecke und trug ein Baby in einer abgenutzten rosa Decke herein. Als sie sein Gesichtchen sehen konnten, stockte Allison der Atem. Sie spürte, dass Jared neben ihr genauso reagierte.

»Sie ist ja wunderschön!« Jared trat einen Schritt vor, streckte seine Arme aus und die Frau vom Waisenhaus übergab ihm Ina.

Allison zog die Decke ein wenig zur Seite und schaute näher hin. Jared hatte Recht: Ihre kleine Tochter war bildschön. Ja, sie war noch mehr als das. Ina hatte hellblondes Haar und braune Augen.

»Sie sieht ...« Jared brach ab und drehte sich zu Allison um. »Sie sieht genauso aus wie du.«

Die Angestellte des Waisenhauses lächelte nachsichtig. »Ja, viele von unseren Babys haben anfangs helles Haar. Aber wenn Ina älter ist, wird ihr Haar auch nachdunkeln. Ungefähr wenn sie zwei Jahre alt ist.«

Die Meinung der Frau war ihnen nicht wichtig. Jared und Allison waren überglücklich mit ihrer kleinen Tochter.

Nach einer Woche flogen sie nach Hause und begannen ihr neues Familienleben. Doch die größte Überraschung sollte noch kommen: Im Herbst stellte Allison zu ihrer großen Freude fest, dass sie schwanger war.

»Das passiert hin und wieder«, meinte der Arzt ganz gelassen. »Manche Frauen versuchen und versuchen immer wieder, ein Kind zu bekommen. Und nach einer Adoption werden sie häufig schwanger.« Er lachte. »Ich stelle mir vor, dass das auch irgendwie zu Gottes Plan gehört.«

Und tatsächlich, Allison und Jared bekamen insgesamt vier gesunde, dunkelhaarige kleine Jungen. Bis heute ist nur eins ihrer Kinder hellblond und braunäugig wie Allison – und das ist ihre Älteste, ihre Ina.

Ein Kind des Himmels, ein Geschenk von Gott und eine Bestätigung für Allison und Jared, dass ihre Träume erfüllt wurden. Denn vor langer Zeit bei einem sonnigen Picknick am Strand hörte der Himmel die Wünsche ihres Herzens und freut sich bis heute mit über ihre Erfüllung.

Eine zweite Chance

Christopher Owens schaute sich das überfüllte Ferienlager genau an und blickte in die Gesichter, die auf ihn gerichtet waren. Vor ihm saßen ausschließlich Kinder aus Pflegefamilien. Verlassene Kinder, abgelehnte Kinder oder Kinder, die man den Eltern hatte wegnehmen müssen. Für die meisten von ihnen war die Ferienwoche im *Second Chances Summer Camp* jedes Jahr im Juli wahrscheinlich das Highlight des Jahres. Christopher drängte seine Erinnerungen zurück, während er von einem Kind zum anderen schaute. Er holte tief Luft.

»Ich habe eine sehr einfache Botschaft für euch.« Damit trat er noch dichter an die Kante des Podiums heran. »Gott hat einen Plan für dein Leben. Egal, was du in diesem Moment fühlst: Gott hat einen Plan für dich.«

Wie jedes Jahr erlaubte Christopher es sich, Rückblick zu halten. Einen Rückblick über zweiundzwanzig Jahre hinweg und der bis zu dem Sommer zurückreichte, als er gerade einmal sechs Jahre alt gewesen war. Er war das einzige Kind eines Drogendealers und einer Alkoholikerin gewesen, für das seit frühester Kindheit die zwielichtigen Geschäfte seiner Eltern und die merkwürdigen Menschen, die in ihrem Haus ein- und ausgingen, zum normalen Lebensalltag gehört hatten.

Von Zeit zu Zeit hatte er mit ansehen müssen, wie sein

Vater seine Mutter herumstieß, ihr ins Gesicht schlug oder sie mit Füßen trat. Und manchmal hatte er auch gehört, wie seine Eltern über ihn sprachen.

»Wir müssen das Kind loswerden, Emma. Das weißt du genauso gut wie ich.«

Seine Mutter hatte immer sehr eigenartig gesprochen, wobei ihre Augen meist halb geschlossen gewesen waren. Jedes einzelne Wort hatte lallend ihren Mund verlassen. »Ich will ihn nicht loswerden. Er kommt gut allein zurecht.«

Manchmal hatte seine Mutter ihn sogar auf den Schoß genommen und ihn gewiegt. Wahrscheinlich hat sie dabei geweint, denn anschließend war sein Haar oben auf dem Kopf immer ganz nass gewesen. »Vergib mir, Christopher. Ich habe Jesus gebeten, mir zu vergeben. Das ist kein Leben für einen kleinen Jungen.« Bei diesen Worten hatte sie ein wenig gezittert.

»Gott, vergib mir … vergib mir«, hatte sie immer wieder gesagt.

Die Worte seiner Eltern hatten Christopher meistens Angst gemacht. Aber gegen das, was an einem Weihnachtsabend passierte, war das gar nichts. Die Eltern waren an diesem Tag vollkommen durchgeknallt gewesen. Wenigstens hatte ihm das eine Sozialarbeiterin später erzählt. Der Vater hatte seine Pistole auf einen seiner Kunden, der nicht zahlen wollte, gerichtet und irgendwie war seine Mutter in die Schusslinie geraten. Nach einem Schuss war sie direkt zu Christophers Füßen zu Boden gestürzt und nie wieder aufgestanden.

»Mami!« Christopher klang bis auf diesen Tag sein eigener Kinderschrei immer noch in den Ohren. Er spürte bis heute, wie die Worte sich in seinem kleinen Herzen angefühlt hatten, die über seine Lippen gestolpert waren. »Mami! Mami, wach auf! Bitte, Mami!«

In der ganzen Zeit hatte sein Daddy am Tisch gesessen, den Kopf in die Hände gestützt. Er hatte geweint und gemurmelt, dass das Leben jetzt endgültig aus und vorbei sei. Aber seine Mami hatte gar nichts mehr gesagt und auch nicht die Augen bewegt. Sie hatte einfach nur dagelegen.

Nach ein paar Minuten waren Polizisten durchs Haus geeilt und ein Rettungswagen war vorgefahren. Das war das letzte Mal gewesen, dass Christopher seine Eltern gesehen hatte. Die Sozialarbeiterin hatte ihm abends die Situation erkärt, nachdem er in ein großes Haus in einen anderen Stadtteil gebracht worden war. Seine Mami war tot. Sie war bei Jesus. Sein Vater dagegen war im Gefängnis, wo viele andere böse Männer saßen.

Und Christopher sollte bei der freundlichen Familie in dem großen Haus bleiben. Wenigstens vorerst, bis das Sozialamt jemanden fand, der für immer für Christopher sorgen wollte. Der ihn adoptierte und ihn zu seinem eigenen Kind machte.

Wie Christopher sich in jenem Frühling gefühlt hat, wird er nie mehr vergessen. Die Owens waren unheimlich nette Leute. Er hatte sich gleich sicher und geborgen bei ihnen gefühlt. Aber Christopher wagte nicht zu hoffen, dass diese Familie ihn eines Tages für immer behalten wollte. Seine Sozialarbeiterin hatte ihm von Anfang an gesagt, dass das nur eine vorübergehende Maßnahme sei, bis sie eine endgültige Familie für ihn gefunden hätten.

Im Sommer wollten die Owens ihn zum *Second Chances Summer Camp* in Kansas City schicken, das nur etwa eine Stunde von dem Haus der Owens entfernt lag. Seitdem er das wusste, fürchtete sich Christopher entsetzlich und fühlte sich einsam. Er sehnte sich unsäglich nach seiner Mutter. Natürlich war es bei seinen Eltern mehr schlimm als schön gewesen, aber er hatte doch wenigstens eine Familie gehabt, ein Zuhause, das sein Zuhause gewesen war.

»Christopher«, hatte Mrs Owens zu ihm gesagt, bevor er ins Ferienlager fuhr, »Gott hat einen Plan für dein Leben. Während du im Freizeitlager bist, bete darum, dass Gott uns allen seinen Plan für dich klar macht. Okay?«

Mr und Mrs Owens und ihre beiden älteren Töchter hatten ihn daraufhin umarmt. Im Ferienlager hatte Christopher die Botschaft von der Liebe Gottes kennengelernt und dass Gott allen Menschen eine zweite Chance gab. Zum ersten Mal in seinem Leben hatte Christopher keine Angst mehr gehabt, war nicht einsam gewesen und hatte sich nicht vor der Zukunft gefürchtet. Jesus, von dem der Campleiter erzählte, war bei ihm, passte auf ihn auf und ging an seiner Seite. Vielleicht wurde doch noch alles gut für ihn.

Am Schluss der Freizeit war Christopher bei der Abschlussveranstaltung nach vorn gegangen und hatte sich hingekniet. Der Campleiter hatte ihm geraten, Jesus zu bitten, ihm den schönsten Traum, den er in seinem Herzen hegte, zu erfüllen.

Er hatte daraufhin zweimal heftig geschluckt und dann laut das wichtigste Gebet gesprochen, dass er je gebetet hatte: »Bitte, lieber Gott, lass die Familie Owens für immer meine Familie werden. Bitte.«

Als Christopher von der Freizeit zurückkehrte, wusste er sofort, dass in der Zwischenzeit etwas Besonderes geschehen war. Im Vorgarten waren bunte Luftballons aufgehängt gewesen und lustige Bänder hatten zwischen den Bäumen im Wind geflattert. Am Haus hatte ein großes Plakat gehangen und Mrs Owens hatte ihm laut vorgelesen, was darauf stand: »Willkommen zu Hause, Christopher!«

Christopher hatte von Mrs Owens zu Mr Owens geschaut und sein kleines Herz hatte Kängurusprünge vollführt. »Was ... was bedeutet das?«, hatte er schüchtern gefragt.

»Wir versuchen seit einiger Zeit, dich zu adoptieren«, hatte Mr Owens gesagt und dabei seinen Arm um Christophers Schultern gelegt. »Aber es war schwierig, deine Papiere zu erhalten. Das Gericht musste erst sein Einverständnis geben.«

Christopher hatte daraufhin die Luft angehalten, denn er hatte Angst gehabt, dass er, wenn er nur mit der Wimper zuckte, aufwachen könnte und alles wäre nur ein schöner Traum gewesen.

»Während du weg warst, sind die Papiere eingetroffen«, hatte Mrs Owens gesagt und ihm einen Kuss auf die Stirn gegeben.

»Möchtest du für immer unser Sohn sein, Christopher?«

Er hatte etwas sagen wollen. Er hatte seinen Mund öffnen wollen und sein »JA« in den Himmel hinausschreien! Ja, er wollte ihr Sohn sein und bei ihnen als Mitglied ihrer Familie für immer und ewig leben! Ja, natürlich! Stattdessen waren dicke Tränen über sein schmales Gesicht gerollt und die Worte hatten partout nicht über seine Lippen gewollt. Sein Herz war so glücklich gewesen wie noch nie im Leben, auch ohne Worte. Und so hatte er einfach seine Arme um den Hals von Mrs Owens geworfen und dann um den Hals von Mr Owens und hatte beide so lange festgehalten, bis sie ihn gemeinsam ins Haus getragen hatten.

Von dem Zeitpunkt an war Christophers Leben wie verwandelt. Es hatte sich total geändert. Sein Glaube an Gott wuchs. Das, was der Campleiter gesagt hatte, war tatsächlich wahr. Jesus hatte seine Gebete erhört. Er kümmerte sich um einen verlorenen, kleinen Jungen, der kein Zuhause und in dieser Welt keine Hoffnung mehr hatte.

Christopher wuchs heran und Gott segnete ihn. Er war Klassenbester, ein guter Sportler mit einem freundlichen, leidenschaftlichen Herzen und einer großen Liebe zu seiner Familie, was bei den meisten Jungen seines Alters nicht so sehr der Fall ist. Als er mit der Schule fertig war, sagten seine Eltern, er könne studieren, was er wolle: Arzt, Rechtsanwalt, Lehrer oder auch Pfarrer werden.

Christopher hatte nie das Ziel gehabt zu studieren. Wenige Monate nach seinem Highschool-Abschluss wurde ihm eine Stelle als Mitarbeiter des *Second Chances Summer Camp* in Missouri angeboten. Heute leitet Christopher das Camp. Jeden Sommer sagt er hoffnungslosen, einsamen kleinen Jungen dieselbe Botschaft, die ihm einmal gesagt worden war.

Tränen drohten seine Stimme zu ersticken, aber seine Worte klangen felsenfest, als er am Nachmittag die vielen Buben aufforderte: »Glaubt mir, Jungs, glaubt es mehr als alles, was man im Leben glauben kann. Gott hat einen Plan für euch. Einen guten Plan, um euch Hoffnung und eine Zukunft zu geben. Genauso wie er einen Plan für mein Leben hatte.«

Unsere drei Adoptivkinder

Mein Mann und ich (Karen Kingsbury) hatten wie viele Ehepaare nach der Geburt unseres zweiten Kindes gedacht, dass wir mit dem Kinderkriegen fertig seien. Als ich aber nach fünf Jahren erneut schwanger wurde, lag das Thema erneut auf dem Tisch. Wegen des großen Altersunterschieds zwischen Kelsey und Tyler, unseren beiden Ältesten, und dem Baby Austin, überlegten wir uns allen Ernstes, noch ein Kind zu bekommen.

Als Austin jedoch drei Wochen alt war, wurde bei ihm ein schwerer Herzfehler festgestellt. Er musste auf die Intensivstation und hat nur knapp überlebt. Das allein ist ein Wunder für sich. Der Arzt äußerte sich damals sehr nüchtern, was unsere Familienplanung anging: »Wenn Sie noch ein Kind bekommen, ist die Wahrscheinlichkeit groß, dass es ebenfalls einen schweren Herzfehler hat.«

Wir beteten oft darüber, bis uns klar wurde, dass wir kein eigenes Kind mehr haben sollten. Gott konnte uns auch durch eine Adoption ein Kind schenken. Zwei Jahre lang ließen wir das Thema ruhen, kümmerten uns um Austin und achteten auf eine gute medizinische Versorgung für ihn.

An seinem zweiten Geburtstag überdachten wir unsere Familienplanung noch einmal und dankten Gott für die anhaltend gute Gesundheit unserer Kinder. Irgendwie hatten wir das Gefühl, dass Gott uns immer noch nahelegte, ein weiteres Kind großzuziehen. Und da Austin gesundheitlich immer stabiler wurde, erkundigten wir uns nach entsprechenden Möglichkeiten.

Etwa ein Jahr lang suchten wir nach einem amerikanischen Kind. Wir dachten an einen kleinen Jungen, der vielleicht ein Jahr älter war als Austin und damit ein paar Jahre jünger als Tyler. Dadurch konnte eine ausgewogene Geschwisterfolge unserer Kinder erhalten bleiben. Kelsey, die Älteste; Tyler, der älteste Sohn; Austin, der jüngste Sohn. Wir fanden bei unseren Nachforschungen heraus, dass es in den Vereinigten Staaten viele tausend Kinder gibt, die ein Zuhause brauchen. Doch als wir die Möglichkeiten mit unserer Sozialarbeiterin durchgingen, erfuhren wir: Fast alle Kinder sind emotional, sexuell oder durch körperliche Gewalt missbraucht worden.

»Und diese Kinder, die so misshandelt wurden, neigen dann selbst dazu, ihnen Unterlegene zu missbrauchen«, klärte uns die Sozialarbeiterin auf. »Zu älteren Geschwistern können Sie ein solches Kind adoptieren. Aber nicht, wenn noch ein jüngeres Kind im Haus ist.«

Also mussten wir auf jeden Fall ein Kind finden, das nicht missbraucht worden war. Ein abgelehntes Kind: jederzeit. Aber ein missbrauchtes Kind: lieber nicht. Nun stellten wir fest, dass es offensichtlich Hunderte von Familien gab, die vor uns Anspruch auf ein Kind, wie wir es suchten, hatten. Im Laufe der folgenden Monate verloren wir den Mut.

Vielleicht hatten wir Gott missverstanden. Vielleicht wollte Gott gar nicht, dass wir zu unseren drei Kindern ein weiteres Kind adoptierten. Da fragte uns ein Freund, ob wir auch schon an die Adoption eines Ausländerkindes gedacht hätten.

»Nein«, sagten wir, »das haben wir nicht.« Dieser Freund erzählte uns von Haiti und machte uns Mut, nach einem Kind aus Haiti zu schauen.

»Es gibt einfach zu wenig Leute, die ein Kind aus Haiti adoptieren würden«, sagte uns eine Vermittlerin. »Machen Sie sich zu diesem Thema einmal im Internet schlau.«

Das taten wir. Wir baten um ein Video von den Kindern, die zur Adoption standen. Als das Video eintraf, schauten Don und ich es uns an, während unsere Kinder schliefen. Auf dem Video sahen wir prächtige Mädchen und Jungen, die lachten und sangen und Gott mit ausgestreckten Armen priesen. Das waren nicht die apathischen, düster dreinblickenden Kinder, wie man sie aus europäischen Waisenhäusern kennt. Sie waren begeistert und glücklich und glaubten von ganzem Herzen, dass ihre Gebete um eine Familie eines Tages erhört werden würden.

Nachdem wir uns das Video angeschaut hatten, blickte Don mich an. Er war gerührt. »Das sieht ja ganz danach aus«, meinte Don und grinste mich dabei provozierend an, »als bräuchten wir bald ein größeres Haus.«

In der Tat sollte es dann auch so werden.

Etwa eine Woche später, als ich allein in meinem Büro saß, stieß ich auf EJ.

In dem ruhigen, gedämpften Licht meines Computerbildschirms entdeckte ich eine Internetseite mit Fotografien von Kindern, die in Haiti zur Adoption standen. Einer davon war ein herziger, fünfjähriger Junge mit großen braunen Augen und einem schelmischen Lächeln. »EJ ist ein Charmeur«, hatte die Vermittlungsgesellschaft dazu geschrieben. »Er ist morgens immer der Erste, der den Mitarbeiterinnen im Waisenhaus um den Hals fällt und gehört zu den besten Schülern seiner Klasse.«

Zu meiner Überraschung mochte ich EJ auf den ersten Blick. In wenigen Minuten war Haiti nicht mehr die Insel mit den hungernden, heimatlosen Kindern. Es war für mich vielmehr die Heimat eines liebenswerten Kindes. Ich konnte beinahe hören, wie er nach uns rief: »Mami, Daddy ... ich liebe euch. Bitte kommt und holt mich nach Hause. Ich brauche eine Familie. Bitte ...«

Bis zu diesem Tag hatten wir über Adoption immer nur kurz und allgemein gesprochen. Immerhin hatten wir viel zu tun – mein Mann Don als Lehrer und Coach und ich mit meiner Schriftstellerei. Und außerdem hatten wir bereits drei lebhafte Kinder zu versorgen. Wir hatten uns zwar mit Adoption auseinandergesetzt, in unserem Land bereits nach einem Kind gesucht, waren uns aber immer noch nicht völlig sicher, ob Gott uns in diese Richtung führen wollte.

Doch all diese Zweifel waren in dem Moment verschwunden, als ich EJ gefunden hatte.

Ich rief Don in mein Büro. Anschließend sprachen wir zwei Stunden lang über die Möglichkeit, dieses süße Kind zu adoptieren. Wir waren uns einig. EJ gehörte in unsere Familie. Nun mussten wir unsere Kinder einweihen.

Von Anfang hatten wir unsere Kinder in unsere Diskussion über eine eventuelle Adoption mit einbezogen. Denn schließlich musste sich die ganze Familie in dieser Frage einig sein. Anderenfalls hatte es keinen Zweck. Jedes Mal, wenn wir darüber sprachen, waren unsere Kinder Feuer und Flamme. Anderenfalls, da bin ich mir sicher, hätten wir unsere Pläne aufgegeben. Sie wussten bereits, dass wir ein Kind aus Haiti adoptieren wollten. Aber von EJ wussten sie noch nichts.

Ich druckte das Foto von EJ aus und stellte ihn am nächsten Morgen Kelsey, Tyler und Austin vor. Ich platzierte sein Bild auf einem leeren Stuhl und fragte unsere Kinder: »Könntet ihr euch vorstellen, dass EJ euer Bruder ist? Er ist fünf Jahre alt und lebt in Haiti.«

»Ja, warum nicht?«, meinte unsere Tochter Kelsey, die damals zwölf Jahre als war. Sie hatte sich sein Bild nachdenklich und ausgiebig angeschaut. »Er hat einen freundlichen Blick.«

»Er ist fünf?«, fragte unser siebenjähriger Tyler. »Dann passt er genau zwischen mich und Austin.«

Der zweijährige Austin grinste nur und zeigte mit dem

Fingerchen auf das Foto. »Mein Bruder? Mami, Daddy? Mein neuer Bruder?«

Wir betrachteten EJs Foto ein paar Tage lang. Abends beteten wir für ihn und schufen so eine Bindung, die mit jedem Blick auf sein Foto fester wurde. Er wohnte in einem Waisenhaus der Missionsgesellschaft *The Heart of God Ministries* in Port-au-Prince. Wir nahmen Kontakt mit den Mitarbeitern dort auf, denn wir hatten uns endlich froh und glücklich entschlossen, EJ zu adoptieren.

Im Laufe der folgenden Monate füllten wir eine ganze Akte mit Papieren und Unterlagen für die amerikanische Einwanderungsbehörde sowie für die Akten in Haiti. Dabei spornte uns stets ein Blick in EJs Augen auf seinem Foto an.

Es dauerte nicht lange, da wurden wir auf ein zweites kleines Gesicht aufmerksam, auf das Gesicht von Joshua, einem sechs Jahre alten Jungen, der mit EJ in demselben Waisenhaus lebte. Unter seinem Foto stand geschrieben: »Joshua ist ein fröhliches Kind. Er lernt gut und ist sehr sportlich. Er hat gewisse Führungseigenschaften.«

»Kinder, was haltet ihr von zwei neuen Brüdern?«, fragte mein Mann eines Abends unsere drei Kinder. »EJ möchte vielleicht einen Bruder haben, der so aussieht wie er – einen kleinen Jungen aus Haiti.«

Und wieder waren unsere Kinder von der Idee begeistert, aber aus Gründen, die wir damals nicht verstanden, rieten uns die Mitarbeiter des Waisenhauses ab, Joshua zu adoptieren. »Er ist ein schwieriger Junge«, berichtete uns ein Mitarbeiter. »Offen gesagt, er würde nicht zu den übrigen Kindern passen.«

Nur zögerlich entschieden wir uns für einen anderen Jungen, einen Sechsjährigen mit Namen Sean Angelo.

Nach einem halben Jahr erhielten wir den Anruf, auf den jede Adoptionsfamilie wartet: »Ihre Kinder können abgeholt werden.«

Die Bevölkerung von Haiti gehört zu den Ärmsten der Welt. Es gibt eine hohe Kriminalitätsrate dort, sodass ich mir zeitweise überlegt hatte, die Jungen von jemand anderem abholen zu lassen. Letztendlich machte mir Gott aber klar, dass ich selbst nach Haiti fliegen sollte, um mir ein Bild von der Kultur unserer Kinder machen zu können und gemeinsame Erinnerungen mit ihnen nach Hause zu bringen, die ich später einmal mit ihnen teilen konnte. Don blieb zu Hause und kümmerte sich um unsere drei Kinder.

Auf Haiti angekommen, wurde ich zum Waisenhaus gefahren und unseren zukünftigen Söhnen EJ und Sean vorgestellt. Die Jungen steckten in ihrer besten Kleidung und schenkten mir ein schüchternes Lächeln, als ich sie auf den Schoß nahm. Sie sprachen kein Wort Englisch.

Damit hatte ich gerechnet.

Das, womit ich allerdings nicht gerechnet hatte, geschah jedoch kurz darauf. Während ich noch mit EJ und Sean auf dem Schoß nach ein paar netten Worten suchte, kam ein kleiner Junge hereinspaziert und strich mir eine Haarlocke aus der Stirn. »Hello Mommy.« Seine Stimme klang hell und klar und seine englische Aussprache war perfekt. »I love you.«

Während die Stimmen von 42 Waisenkindern leiser wurden, sang er für mich laut und kräftig ein Lied auf Englisch: »Lord, I give you my heart … I give you my soul. I live for you alone …« («Herr, ich gebe dir mein Herz. Ich gebe dir meine Seele. Ich lebe für dich allein …«)

In Sekundenschnelle war mein Herz erobert.

»Wie heißt du denn?«, fragte ich das Kind.

»*Joshua*«, antwortete er. »My name's Joshua.«

Das also war der sechsjährige Joshua, den wir adoptieren wollten, bevor wir Sean Angelo auswählten. Joshua, von dem man uns gesagt hatte, er würde nicht in unsere Familie passen. Eine Stunde später hatte ich alles über ihn in Erfahrung gebracht. Joshua war in der Zwischenzeit noch nicht adoptiert worden. Der Mitarbeiter, der mit uns gesprochen hatte, arbeitete nicht mehr im Waisenhaus. Und niemand konnte sich erklären, warum er uns diese völlig falsche Information gegeben hatte.

Josh war ein wundervolles Kind. Er war aufgeschlossen und zuverlässig, konnte ausgezeichnet lernen und ging rührend mit den kleineren Kindern im Waisenhaus um. Er, EJ und Sean waren unzertrennliche Freunde.

Ich rief meinen Mann an und weinte am Telefon. »Joshua gehört einfach zu uns … ich kann mir nicht vorstellen, ihn hier zurückzulassen.«

Die Antwort meines Mannes werde ich nie mehr vergessen. »Zwei oder drei … wo ist da der Unterschied, Karen? Wenn du so viel für ihn empfindest, dann bring ihn mit nach Hause.«

Natürlich lässt sich eine internationale Adoption nicht ganz so schnell abwickeln. Sechs Monate, nachdem ich EJ und Sean nach Hause geholt hatte, folgte Joshua. Seitdem haben wir den Eindruck, dass unsere Familie komplett ist.

Wir haben von den ersten gemeinsamen Tagen viele, viele Erinnerungen, Augenblicke, die wir nie vergessen werden. Als sich EJ und Sean zum ersten Mal ihre Hände unter warmem Wasser wuschen, sprachen sie auf einmal ganz laut Kreolisch. Sie zeigten auf das Wasser und hüpften auf und ab. Es war nicht schwer zu erraten, warum sie plötzlich so begeistert waren: Sie kannten kein fließendes warmes Wasser.

Eines Tages besuchten wir mit den Kindern einen Zoo. EJ, Sean und Joshua waren fasziniert von den Tieren. Was sie anschließend erlebten, war allerdings nicht zu überbieten: eine Fahrt in den Supermarkt. Was sie dort sahen, war für hungrige kleine Jungen ein Schlaraffenland.

Als ihr Englisch besser wurde, erfuhren wir immer mehr aus ihrer Vergangenheit. Die Eltern unserer Jungen waren entweder verhungert oder an einer Infektionskrankheit gestorben. Oft hatten sie tagelang nichts zu essen gehabt. Gewöhnlich aßen sie etwas, das »Schmutzkuchen« genannt wurde. Es war ein billiges Gericht aus Lehm, Schmutz und Wasser. Frauen auf den Dörfern mischten diese Zutaten, backten sie und gaben die Brocken den Kindern als Brot für ihre dicken leeren Bäuche.

Etwas Richtiges zu essen gab es jedoch immer nur nach extrem großen Kraftanstrengungen. Unsere Jungs konnten geschickt Steine werfen und damit Mangos von den Bäumen holen oder Wildvögel totschlagen.

Vor allem Sean wurde stets ganz erregt, wenn er Vögel sah. Er fing sie mit seiner bloßen Hand und schlug sie dann gegen den nächsten Fels. Was er damit sagen wollte, war verständlich: »Bitte, Daddy, das ist etwas, was ich tun kann. Lass mich heute für das Abendbrot sorgen.« Sehr vorsichtig und höflich gewöhnte mein Mann den Kindern ab, Vögel zu töten.

In den ersten Monaten halfen wir ihnen, sich mit unseren grundlegenden kulturellen Gepflogenheiten anzufreunden. Dazu gehörte es, in einem Bett zu schlafen anstatt auf der Erde, ein Badezimmer zu benutzen und Tischmanieren zu lernen. Wunderbarerweise brauchte man den dreien fast nie etwas zweimal zu sagen. Sie befolgten alles sehr schnell. Ständig machen sie ihre Zimmer sauber und gehen ordentlich mit ihrem neuen Spielzeug und den Betten um. (Sie teilen sich mit Austin ein Zimmer und schlafen in zwei Doppelstockbetten.)

»Bitte, Mami, dürfen wir staubsaugen?«, ist eine Frage, die ich jede Woche höre.

»Gut. Okay. Weil ihr diese Woche so brav wart«, ist dann meine Antwort.

Oft werden wir von Leuten angesprochen, die meinen, dass wir ein wahrer Segen für diese kleinen Jungen seien. Aber ich korrigiere sie jedes Mal. In den letzen drei Jahren wurden wir alle gesegnet.

Man kann immer wieder beobachten, wie unsere drei leiblichen Kinder ihre drei neuen Brüder herzlich umarmen. Das kommt besonders dann vor, wenn die Kinder miteinander spielen oder gemeinsam ihre Hausaufgaben machen. Durch Kelsey, Tyler und Austin haben unsere neuen Söhne bei ihren Klassenkameraden leicht Anschluss gefunden. Unsere Schule am Ort hat sogar die Organisation *The Heart of God Ministries* zu ihrem Projekt gemacht.

(Leider besteht das Waisenhaus wegen Schwierigkeiten in der Regierung von Haiti inzwischen nicht mehr.) Zwei übervolle Überseekoffer mit Schulsachen wurden in den ersten Monaten nach der Ankunft der Jungen gesammelt und an die Schule geschickt, in der die Waisenkinder unterrichtet worden waren.

Ein weiterer Segen ist die Tiefe des Glaubens, den diese Kinder haben. In Haiti besaßen sie gar nichts. Nicht einmal eine Chance zu leben, aber sie hatten eine tiefe Liebe zu Jesus und beteten und sangen den ganzen Tag geistliche Lieder. In einer Kultur, die vom Kult ihres Gottes Wodu bestimmt wird, war es besonders tröstlich zu wissen, dass ein Waisenhaus in Haiti diesen Kindern eine feste christliche Grundlage mitgegeben hat. Bis heute singen die Kinder gern für Gott und manchmal weinen sie sogar beim Lobpreis in der Kirche.

»Bist du traurig, Liebling?«, fragt mein Mann hin und wieder, wenn ein Kind im Gottesdienst weint.

»Nein, Daddy. Ich bin nur so schrecklich glücklich, wenn ich daran denke, was Jesus alles für mich getan hat.«

Die Jungen sind sehr herzlich. Sie umarmen uns oft und sagen uns – anfangs in Kreolisch und jetzt in Englisch – wie lieb sie uns haben. Neulich meinte Sean: »Mami, wenn ich groß bin, will ich ganz viel Geld verdienen. Ich will etwas Geld zu den Menschen nach Haiti schicken und den Rest bekommst du.«

Ich war ganz gerührt. »Das ist eine gute Idee. Aber warum willst du mir Geld geben?«

»Weil …« Seine Augen strahlten. »Weil du und Daddy mir so viel gegeben habt.«

Manchmal wurden wir anfangs gefragt: »Wie wollen Sie es schaffen, Kinder an sich zu gewöhnen, die nichts mit Ihnen gemein haben? Sie haben unterschiedliche Hautfarben, ein anderes kulturelles Verständnis, unterschiedliche Sprachen und außerdem unterschiedliche Ernährungsgewohnheiten.«

Unsere Antwort ist: mit viel Gebet.

Wir wussten, dass wir uns bei der Adoption auf solche Unterschiede wie Hautfarbe, Sprache und Kultur eingelassen haben. Aber wir haben denselben Christus, und das, so meinen wir, ist das Wesentliche. Das war für den Anfang genug und ist auch bis heute genug. Mehr als genug.

Hin und wieder haben wir uns über unsere unterschiedliche Hautfarbe mit den Kindern unterhalten.

»Warum habe ich dunkle Haut und du und Daddy und Jesus, ihr habt eine helle Hautfarbe?«, fragte Sean mich einmal in einer Spielpause mit seinem Bruder.

»Jesus hatte keine helle Haut. Er hatte eine dunklere Hautfarbe als wir. Gott hat jedem eine besondere Hautfarbe gegeben. Eine Farbe, die zu jedem von uns ganz genau passt. Alle Hautfarben haben für Jesus den gleichen Wert. Und alle Hautfarben sind sehr schön.«

Sean dachte einen Augenblick darüber nach. »Was für eine Hautfarbe werde ich im Himmel haben?«

»Das weiß ich nicht.« Ich nahm ihn schnell in den Arm. »Aber ich hoffe, sie wird so sein, wie sie jetzt ist. Weil deine Haut sehr schön ist, Sean ... und du ein so hübscher Junge bist. Mir würde es nicht gefallen, wenn du anders aussehen würdest, als du jetzt aussiehst.«

Sean freute sich. »Danke, Mami.« Dann rannte er wieder zu seinen Brüdern und sie spielten weiter. Ich weiß nicht genau, ob das eine gute Antwort war, aber ich weiß: Gott allein gibt uns die richtigen Antworten auf Fragen wie diese.

Es ist uns bewusst, dass der haitianische Hindergrund für unsere Söhne eines Tages sehr wichtig sein wird. Darum habe ich gelernt, wie die Haitianer Bohnen mit Reis zu kochen. Wir essen sie mindestens einmal pro Woche und bewundern, wie viel unsere neuen Söhne verputzen. Damit die Jungs ihre kreolische Sprache nicht vergessen, opfern wir manchmal unsere Mittagspause und bitten sie, uns einige Sätze beizubringen. Es stimmt schon, dass sie vieles vergessen haben, aber das bedeutet nicht, dass sie ihre Sprache in Zukunft nicht wieder abrufen können. Außerdem haben wir Kontakt zu einer amerikanisch-haitianischen Gruppe aufgenommen, die sich nicht weit von unserem Haus entfernt trifft.

Darüber hinaus halten wir uns daran fest, dass unser Erbgut nicht an unsere Verwandten oder Familien oder Geburtsorte gebunden ist, sondern allein an den gekreuzigten und auferstandenen Christus.

Es gibt eine Geschichte, die oft erzählt wird. Sie handelt von einem besonders starken Sturm, der eines Nachts losbrach und viele, viele Seesterne an den Strand spülte. Am nächsten Morgen lief ein Kind am Meer entlang. Alle paar Meter hielt es an, hob einen Seestern auf und warf ihn zurück ins Meer. Ein alter Mann beobachtete das Kind und rief ihm schließlich zu: »Warum kümmerst du dich um die Seesterne, Kind? Du kannst doch gar nicht allen helfen!«

Da hob der Junge wieder einen Seestern auf und schaute ihn sich ganz genau an, bevor er ihn ins Meer zurückwarf. Dann wandte er sich an den alten Mann und sagte: »Dieser war ein ganz besonderer Seestern.«

Wie Statistiken belegen, nehmen heimatlose Kinder in unserer Welt zu. Waisenkindervermittlungen gibt es auf zahllosen Internetseiten für heimische und ausländische Kinder. Ich denke an Austins Herzfehler. Ich denke daran, wie aus seinem kranken Herzen, das durch ein Wunder gesund wurde, unsere Bereitschaft erwuchs, ein Kind zu adoptieren. Und ich denke an den Fehler des Waisenhausmitarbeiters, der eine falsche Aussage über Josh gemacht hat. Ohne seinen Fehler hätten wir Sean nie kennengelernt.

Adoption birgt immer ein Wunder in sich. In jedem einzelnen Fall, von dem ich gehört habe, gibt es Situationen wie in unserer Geschichte. Unsere Familie hat das Seestern-Prinzip erlebt, das in unserem Leben Wunder bewirkt hat: Die drei adoptierten Kinder sind ganz besondere Kinder.

Fragen Sie einfach unsere Söhne EJ, Sean und Joshua.

···› Anrührende Geschichten.

Karen Kingsbury:

Ein Wunder kommt selten allein

Wahre Geschichten.

Gebunden, 120 Seiten
Best.-Nr. 816 055

Eigentlich ist eine Freundschaft an sich schon ein Wunder. Und echte Freundschaften sind viel wert. In den Sprüchen der Bibel heißt es: „Auf einen Freund kannst du dich immer verlassen; wenn es dir schlecht geht, ist er für dich wie ein Bruder." Mit einem Freund, einer Freundin an der Seite erscheint das Leben gleich viel leichter ...

Karen Kingsbury erzählt elf tatsächlich erlebte Wundergeschichten, in denen Gott zum Brückenbauer zwischen Menschen wurde. Lesen Sie von Begegnungen nach langer Zeit und von scheinbar ausweglosen Situationen, in denen Gott Freundschaften gebrauchte, um neue Hoffnung zu geben.